我想和这个世界不一样

嘉倩 著

中國華僑出版社

图书在版编目（CIP）数据

我想和这个世界不一样 / 嘉倩著. — 北京 : 中国华侨出版社, 2013.12
ISBN 978-7-5113-4284-3

Ⅰ. ①我… Ⅱ. ①嘉… Ⅲ. ①散文集—中国—当代 Ⅳ. ①I267

中国版本图书馆CIP数据核字(2013)第286046号

我想和这个世界不一样

著　　者：嘉　倩
出 版 人：方　鸣
责任编辑：付改兰
封面设计：刘红刚
经　　销：新华书店
开　　本：710mm×1000mm 1/16　印张：15　字数：222千字
印　　刷：廊坊市兰新雅彩印有限公司
版　　次：2014年1月第1版　2014年1月第1次印刷
书　　号：ISBN 978-7-5113-4284-3
定　　价：36.80元

中国华侨出版社 北京市朝阳区静安里 26 号通成达大厦 3 层 邮编：100028
法律顾问：陈鹰律师事务所
发 行 部：(010) 82068999 传真：(010) 82069000
网　　址：www.oveaschin.com
E-mail：oveaschin@sina.com

如发现图书质量问题，可联系调换。质量投诉电话：010-82069336

I want to be

different

from the world

目录

Contents

01 一个人走山水，就想去看看这个世界

C o n t e n t s

02 时光会记得，路上的孤独与温暖

03 在喜欢的城市醒来

04 四海为故乡

I want to be different from the world

一个人走山水，就想去看看这个世界

巴黎

香港

上海

荷兰

西班牙

I WANT TO BE

DIFFERENT

FROM THE WORLD

我想和这个世界
不一样

I want to be
different
from the world

Paris 巴黎

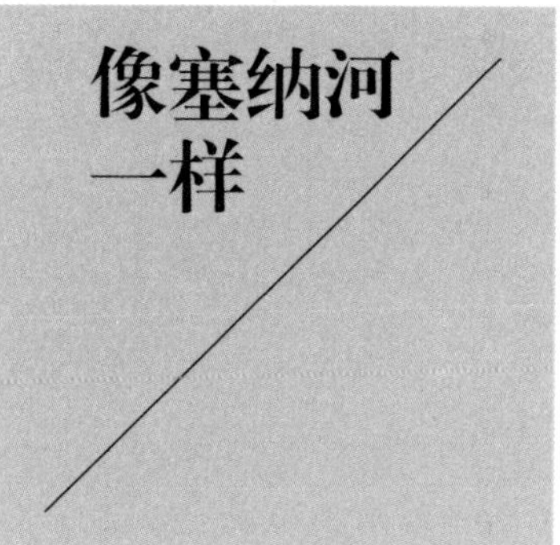

像塞纳河一样

你常常听《少年》。巴黎的雨，下个不停。

你终于懂得，那是你们回不去的从前。哭够了，你要往前走，就像塞纳河一样。

夜晚的巴黎铁塔浪漫到叫人心融化，却也同时残酷到撕心裂肺。

五彩灯光下，A字形的塔时而妩媚，时而俏皮。国庆之日，在万众瞩目下，烟火漫天。而细雨里，坐在塞纳河岸仰望铁塔，有多少恋人相拥亲吻，就有多少心碎的孤影心痛拭泪。

“当初说好一起来巴黎的，可是我的身边却没有了你。”听完朋友的故事，我仰起脸，又望了一眼在夜雨中朦胧的铁塔。

男孩和女孩无法忍受异地恋情带来的思念煎熬，放弃了各自不错的学校与梦想，一起学法语，一起报考巴黎的大学。春天还没有结束，最初提出想要去法国生活的男主角却牵起了别人的手。带着一颗破碎的心，女孩来到这里，终于见到了铁塔，泪流满面。

我们常常愿意在爱的时候，付出一切也要在一起，做了傻事还自以为其实很值得。每天牵着手在东方明珠塔下走过，那幸福都好似在巴黎铁塔下一样满到溢出来。不过是为了一个约定里的执拗未来，傻呵呵地就把它当作每天睁开眼面对生活的动力。

后来，我又听到很多同样的故事。为了那个人所在的城市，你放弃一切来到一片新的土地，只为了每天更贴近对方，然后呢？没有了然后。你尴尬地飘零在原本就不属于你的陌生世界，那个曾属于两个人的梦想，结果唯独你一人还在扛着。

人面不知何处去，桃花依旧笑春风。旧日的你侬我侬，如今斯人却早已陌路。有时候路过铁塔，想到这些故事我也恨不能像是莫泊桑一样，大半时间在铁塔里的咖啡厅度过。原因很简单，因为太不想看见它，索性就身在其中，不再哀愁。

哀愁的并不是异国他乡孤身一人，而是回忆汹涌来袭的时候，站不稳脚，一不小心就被浪卷了进去浑身湿透。牵手走过的路，说过的誓言，背诵过的电影台词，为爱做过的疯狂小事，你以为面对这一栋冰冷的铁建筑，距离家乡上万公里，可以像是罪犯一样逃之夭夭，可你的心却没走多远。

那天，当你终于抵达，飞机亲吻大地的一刻，铁塔看起来却那么刺眼，在一片白色巴黎楼房中高傲矗立。心融不掉了，那个人不在，碎成一小片一小片拼不回去了。多少次你只是呆呆坐在那里，抬头看塔。

忍不住眼泪的时候，你望向塞纳河的水。告诉自己，塞纳河的水流不止，你也要往前走。只是偶尔有时，你傻傻问自己，还剩下多少勇气呢？

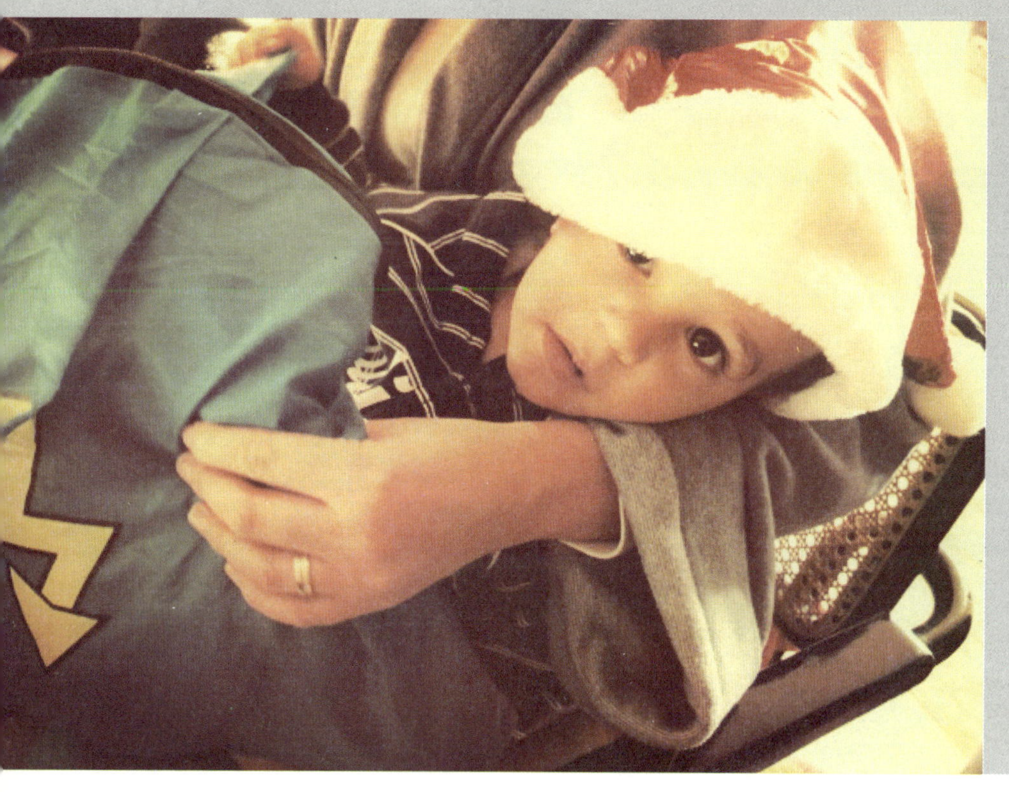

DIFFERENT WORLD

其实，勇气就是要百分百的完整才叫勇气啊！遇到下一个的时候，你依然奋不顾身地去爱，依然不留任何遗憾，依然疯狂而热烈。每一场恋爱都是新的冒险，不让过去的伤口惩罚现在这个新的人。谁不曾在爱里受过伤害？谁不曾被回忆的甜美刺伤？我们都一样，在恋爱的腥风血雨里一路勇敢。

你常常听《少年》。巴黎的雨，下个不停。

你终于懂得，那是你们回不去的从前。哭够了，你要往前走，就像塞纳河一样。

巴黎的地铁

Paris 巴黎

巴黎地铁的尿味，散发着淡淡的哲学之香。

巴黎的地铁。可惜的是，第一个念头并不是关于轻快浪漫的法式小调，或者吐着烟圈姿态优雅的法国女人，而是一股浓烈的尿味。

很多次从荷兰抵达巴黎的时候是在凌晨三四点，乘坐Euroline（欧洲长途大巴），最便宜的就是这个时段了。巴士站与地铁站相连，即使不认路，只要顺着隐隐约约的尿味走，就可以找到地铁进口处。为了躲避室外的严寒，这里是流浪者的最佳栖息地，一块毯子当垫背，一件大衣盖在身上，就是一张张温暖的“小床”。在我抵达的时刻，他们许多人都已睡得深沉，一排排的大衣盖住身躯，露出一颗颗表情安然发丝凌乱的头。

D I F F E R E N T W O R L D

这里常年有人“居住”，因此各个角落也就成为“公用厕所”，巴黎地铁的尿味挥之不去。也并不是单独汽车站这里才有这股味儿，其余站也都相似。常看见有地铁清洁工并不是在扫地，而是用水冲刷着地面，他们应该最清楚这地下空间里发生的一切。

同样有流浪汉常年居住，甚至背包客搭帐篷的巴塞罗那地铁站，却从未闻到过一丝尿味。当然，每座地铁都是有自己独特味道的，空气的不流通，让巴塞罗那地铁常年有一股封闭塑料瓶的味道。地铁通常挖得很深，换乘线路有时候在地图里看起来明明是同一站台，可在地底下却要绕来绕去十几分钟。再冷的冬天，这里始终是温暖的，可想而知夏天这里就像是湿热的桑拿屋，行走其间恨不能裸体。

巴黎地铁虽说有尿味，但胜过巴塞罗那的，便是车厢里的读书氛围。

在巴塞罗那地铁，是很少看见有人捧着一本书在阅读的，往往人们都会小心提防着小偷，或玩弄手机游戏，或手舞足蹈地和朋友情绪激昂地交谈，西班牙人性格特别外向，周围落单的陌生人也都可以加入。在这样的环境，即使想要阅读，都很难。

可是巴黎的地铁里，往往可以看见一个年轻女人，或中年男人，或老人，捧着一本书目不转睛地读着。有时候可能还是一本极厚的书，但是早已读到了最后几页，令人对其巨大的阅读量敬佩不已。

“是不是抽烟和阅读是巴黎人热爱的两件事情？”我问约翰。一个巴黎男孩，高大消瘦，有着一张国际男模的脸和身材。每次我见到他，他总是在抽烟或者拿着烟正准备抽。早晨一根，是早餐；中午一根，是饭后消化；下午一根，是提神；晚上一根，是睡前好梦，他总有自己的一套抽烟哲学。至于读书，他也热爱，总是在包里放一本。

他笑着说：“读书，的确是喜欢的，而且还有一个功能，就是不需要和人面对面坐着的时候眼睛不知道往哪里放了。”他点起烟，望着我扬了扬眉毛，问道，“你不觉得很尴尬吗？读书的话，大家都有一个地方放思想放眼睛了。”哈哈！抽烟的话可以装深沉，不用说话，举着烟找些事情做。

对于他的答案，我无言以对，而后突然笑了出来。何必一定要给某个文化找一个高深的理由：巴黎有着深厚的文化底蕴，巴黎人热爱阅读的风气令人赞许。其实地铁本来就是一锅麻辣烫，各类人都有，每个人阅读，都有自己的理由。

又况且，走出地铁口的时候，谁都能闻到那股昨日的尿味。生活就是那么实实在在，读个书都要找那么多理由累不累？甚至在巴黎的各大书店结账处，还能看见各式各样不透明的包书纸。

我对约翰说：“你们爱书还真的到了一定境界了。”我最近一次包书还是在初中时候包教科书。

他又哈哈大笑：“这不是爱不爱书的问题，而是我们为了不让别人知道自己在看什么书。读历史也好宗教也好小说也好，甚至色情杂志，读什么书都是我们自己的选择。”

想起小资常常给巴黎扣上一层光环，巴黎被当作圣地，不知道当他们揭开巴黎人的一张张书皮，看到的却是千百类型的书籍，会不会顿生失望。

读书并不如同择友，读完一本书也就几天时间，不喜欢或者不同意其中的观点，可以扔到一旁，在下一本书里重组思绪。而朋友，怎么可能几天就轰轰烈烈一起经历沧桑，然后不喜欢就扔了？人与人之间，始终带着沉重的感情，倒是书，轻松简单，不需要任何承诺。

什么时候读书，读什么类型的书，未必硬是要拔高到“人类进步阶梯”的高度。几次友人谈论到要把一些烂俗的畅销作家的书销毁，可她便是曾经阅读着那些无营养的书长大的。未知事的时候，家里也不曾有人阅读，于是在书店里，父亲帮我一同抱回家了一箩筐《十日谈》《查泰来夫人》等，索性再审视一番如今的自己，也照样心理健康。

巴黎地铁的尿味，散发着淡淡的哲学之香。

自由，你的名字叫阿姆斯特丹

Netherlands 荷兰

再也没有哪座城市，能够将自由诠释得如此淋漓尽致。

黄耀明在《阿姆斯特丹》里唱：“找我的一种旅行，自由得昏天暗地。”

歌中所指的，就是这座名叫阿姆斯特丹、疯狂到张牙舞爪众人皆知的城市。

大街小巷，被禁止的大麻，堂而皇之地充斥在这里，带着一股骄傲扑鼻而来；沿街的性表演与用品商店，公然叫卖，毫无遮掩，亦无人面红耳赤虚情假意；橱窗女郎，霓虹灯照射下光彩照人，是你情我愿合法的，或者说，自由贸易。

再也没有哪座城市，在这个地球上敢如此公然挑战人类底线，如此义正词严地将sex、drug、rock'n'roll 摆于厅堂。

于是，被束缚惯了的世人，将这块土地称作天堂，即获得心灵自由的好地方。居住此地，便可言行怪异，惊世骇俗，放浪形骸。

殊不知，若接触过阿姆斯特丹人，就不会被这表层的自由所蒙蔽。阿姆斯特丹城市，与阿姆斯特丹人，两者相结合才构成了真正的阿姆斯特丹文化——自由。

再也没有哪座城市，能够将自由诠释得如此淋漓尽致。况且，自由本就是一个令人疑惑充满矛盾的哲学词汇，倒不妨来此一行，与阿姆斯特丹人在这片土地上居住，就可以悟出所谓的自由，其实如同当地人一般，是有些矛盾却又合乎情理的。

阿姆斯特丹的城市是自由开放的，但令人惊异的是，它的人民却是循规蹈矩的。他们说好了时间，就一定会准点到达，上课或者开会，晚到了好似犯罪一般；他们每一个项目，都有一个评判标准和体系，逐条对应最后才给出一个科学的结果；他们的演讲，都有一个大纲和行程；他们分摊钱的时候，每一分每一毫都算得清清楚楚。

对于大麻，阿姆斯特丹人又是这样的：他们与全世界人一样，对于抽大麻有一股负面情绪。一位年长的当地好友对我说：“大麻合法化不代表阿姆斯特丹人爱抽这个玩意儿，而是这样做最好，不像别的地方，越是不自由的东西人们越是要去做，特别对于青少年，好奇心太盛。那干脆合法自由化，摆在外面，人们的神秘感也就消失了，完全靠自觉性。”

这也解释了为何阿姆斯特丹大街小巷的coffee shop里面坐着的大多是前来尝鲜的游客，当地人很少。记得有一次参加一个疯狂的全城派对，大街小巷每个人打扮得光怪陆离，在一群人中，最鲜明的对比就是一个荷兰中年男子，骑着他的自行车，悠闲地穿过人群，身穿灰色西装，头发一丝不苟，典型的荷兰人脸与金色头发以及瘦长身躯，公文包挂在自行车上。他对这里没有任何的惊喜或好奇，日子照样在过，或许他对于朱自清那句“热闹是他们的”也深有感触吧。

阿姆斯特丹对酒精是自由开放的，这里有喜力啤酒，这里有沿街的酒吧纸醉金迷。因为酒精，它的夜生活是狂放的，与静静流淌的运河形成对比。但荷兰法律规定，不可以在街上喝酒，甚至是超市买了酒，不能拿在手上要放在袋里，不然会被警察抓住罚款。阿姆斯特丹人爱喝酒爱派对，但是他们不会在错误的地方出现。

阿姆斯特丹人说话是荷兰人典型的直白与自由，有时候直白到让你不知所措。他们有一说一，不满全部直白讲出来，即使会伤害人。与荷兰人相处，没有什么隐秘，他们的喜怒哀乐都表现出来。但他们又是保守的，对于脸面与尊严，看得很重。红灯区这些地方，他们是不会公然去的，私底下的当然另当别论。

放纵与自由，是有差距的。

阿姆斯特丹人花钱的时候是束手束脚却又大笔自由的。他们惊讶于中国的父母对于孩子的慷慨，要知道，他们是与小孩直接算钱的，一同去超市，是各买各的。小孩到了打工年纪就要学会照顾自己，政府亦是给予一定房屋和交通补贴，鼓励其独立。但对于旅行，似乎荷兰人又是舍得的。

荷兰人对于荷包里面银子的态度是任其自由的，天底下全是“飞翔的荷兰人”；他们能出去见世面就出去。在上海虹口足球场，曾多次遇见申花球迷，居然是亲切的荷兰人。连三毛的《万水千山走遍》都描述过其与一位荷兰女背包客之间的故事。在荷兰，大部分人收入都是很高的，但几乎不见当地人穿名牌衣服或背奢侈包，质朴至极。午餐他们吃的是最简单的三明治，对于折扣他们更是趋之若鹜。

自由的定义很多。但人是社会的人，一切都要在法律的框架内行事。如果没有了这个框架，放纵所谓的自由，一切随心而为，又令人冒冷汗担心起社会秩序。

所以说，阿姆斯特丹无愧为最懂得适当的自由的城市。阿姆斯特丹人常被说成是冷漠无情的，与阿姆斯特丹旅行城市那热情自由的形象毫不搭界。但只要是在他们法律允许范围内行走，却又是万分自由的。只要你满足了要求，你就和任何人一样有平等的权利。交了学费就是本校的学生，就有权利在规定时间内收到作业评价与考试结果，老师没有达标就可以去告他；交了税就是社会合法公民，公司员工不满足社会最低工资标准，就有权利拿到该拿的数额。

在我身上发生过一件永生难忘挺悲剧的事：在学校读书的时候，一次考试，考前发现学生证弄丢了，于是班主任帮助写了证明书，以为会无事平安。但当日，系里掌管考试的荷兰人硬是不肯，无论多少老师前去替我求情，他都只是铁面无私地拿出了考试规章制度不肯通融，哭也不成闹也无门。结果，因为办个证太久，所以我那一周所有考试都没有资格参加。自此，每每有考试，我定会小心读规章制度。

这件事也可多少看出，在荷兰，中国所谓“关系行事”在这里是很难行得通的。马云的那句“人际关系是最不可靠的”在这里得到了最完全的诠释。即便你和老师一起深夜派对，但第二天考试回答不出来还是会被批评；和老板私底下关系好半夜去酒吧买醉，第二天迟到还是要扣工资。这里的一切公私分明，他们对于传统习惯的坚持亦是。从一件小事就可以看出：在欧洲其他地方，见面与分别亲吻只有两次，但在这里硬是成为三次，难不成是阿姆斯特丹人为了掩盖太过冷漠专门设定的？每当在火车站看见正在道别的荷兰人，即使火车下一秒要开走了，他们也硬是要按照传统来匆忙亲吻三下。

阿姆斯特丹人冷漠与热情并存，我曾在火车上遇见一位大叔，他兴高采烈地和我一个陌生的异乡人聊起等下要开家庭聚会，多年不见的兄弟姐妹让他很是激动，忍不住与我分享。但是吧，你觉得他们如此温情如此坚持传统的时候，他们骨子里要自由的劲又来了。在阿姆斯特丹，年老的父母是从来不与子女住在一起的，往往被理所当然地安排到老人院。这让以孝道为首的中国人瞠目结舌，问其究竟，居然换来一句，大家都很独立，需要各自自由的空间，我们要，老人也要。

漫步在阿姆斯特丹，你就会看到运河两旁如积木般的房屋，无比高大而威严的房门，但走进去，里面也不过是充满生活气息的一个个小房间，为了节省空间，楼梯被设计得很狭窄。

大概，再也没有比阿姆斯特丹更懂得拿捏尺度的城市了吧！

"You will be telling
stories about me
to your grandson."

我想和这个世界
不一样

I want to be
different
from the world

D I F F E R E N T　W O R L D

鬼地方，我会想念你

城市永远不会变老，而只有我们，在不断行走不断经历，无时无刻不在细微地老去。无论曾经在这里挣扎也罢，厌弃也罢，始终，这里占据了我最青春最自由的一段时光。

《理想的下午》里，最喜欢舒国治写过的这段话："有一种地方，或是有一种人，你离开它后，过了些时间，开始想着它，并且觉得它的好；然而你在面对它的当下，不曾感觉它有什么出众之处，这是很奇怪的。"

我会想念这里的一切小细节，我和所有人一样，曾经打心底里咒骂过它：

"无聊的鬼地方。"

"天气恶劣的乡下。"

"简直就是个大农村嘛！"

但无论这些小细节与我今后人生相关还是无关，这个住了一共两年的地方，它占据过我生命的一部分，曾带给我成长、失望和希望，这些我都一直没有忘记过。

我心怀感激，不带遗憾地离开了。

我没有喜欢过你，可是，在我的青春岁月里，你留下了一道奇特的痕迹。

我会想念那一声荷兰人独特意味的doei，拖拉着元音i，然后不自觉嘴角拉出一丝笑容。

我会想念和朋友见面时不厌其烦左右左脸颊亲吻三下的习惯，以至于每次其他欧洲国家的人只是两下就要放开我，但我还是会任性地多加一次才感到完整。

我会想念荷兰朋友说话时候不断发出 g 吐痰音时默默感受到的畅快感，会想念模仿他们口音说话，理所当然地在英文演讲里用 uit / huis 代替正宗的英文。

我会想念总是按照时刻表运营，万分准时的tram。想念它关门一刹那“叮”的一声，想念远远看见了电车就奔过去摁开门，司机却倔强不肯开门的那股小愤慨，想念每当有妇女推着婴儿车要上车时，总有人立刻过去扶一把。

嗯……我更会想念打格卡放入机器里，那一声清脆悦耳却令人心疼的“叮”。更会想念自己没有头脑，再一次忘记 check-uit OV卡时候，狠狠瞪一眼已经远去的tram。

我会想念蓝色的Albert Heijin（荷兰连锁超市），想念里面各式各样价位的东西，没钱的时候买euroshopper；有点小钱心情好的时候充当暴发户买AH excellent，看见有红色标志bonus的东西一定要过去瞧一瞧，买东西的时候，就算没有bonus折扣，也要让营业员把自己的bonus卡照一下。

我会想念亲切而总是杂乱肮脏的欧妈OMA，热闹的小菜场还有亲切的小贩，那些包着头巾的土耳其大妈推着小车，悠闲漫步其间。

我会想念土耳其烤肉店，下课后饥肠辘辘的我，买上一个即便是没有肉的土耳其比萨都会觉得是一种美味的奢侈，有点小钱的话就去买五欧元里面要什么有什么的卡帕萨隆。

我会想念东方行里中国商品的充实，捧着老干妈回去的激昂，想念那里滔滔不绝的广东话。

我会想念在市中心总是骑着马潇洒散步的骑警，虽然我总是觉得他们无所事事，把马拿出来遛遛罢了。

我会想念呼啸过街声音刺耳的急救车，在安静的星期天早晨，即使躲在被窝里，也能听着它急促的声响：由远及近，再由近及远。

我会想念到了四点钟以后像是死寂一样的市中心街道，商店都关门行人也没有，可是所有人的自行车都在不断丢失，我想念那个傻里傻气的小猜测：大家都去了哪里？是不是在玩藏自行车的游戏？

我会想念每到星期四夜市那天荷兰人全部出动买打折商品的热闹，这一刻，我又很好奇，大家是从哪里突然冒出来的呢？

我会想念女王节的全城派对，还有大街小巷的橘黄色，和满地的啤酒瓶碎片。

我会想念NS火车，虽然它经常晚点。我会想念每次要去哪里都在家里面查好ns.nl或者9292.nl，到了时间再出门，不用提前早到茫然地等待，继续在家里面上着网磨蹭。我会想念火车到点关门时候的那哨声，那一刻我充满想象力地编织一些凄美的电影情节。

我会想念荷兰火车出发时候，看着窗外发呆的时刻。从小我就喜欢坐火车，即使只是从上海到苏州，都会激动一个晚上，在荷兰坐火车却是一件稀松平常的事情。从一个城市到另外一个城市，只需要二三十分钟，跨越整个荷兰四五个小时也就够了。我喜欢看着另外一边的窗外，就如同电影一般。往往景致是牛羊在平旷的绿地上吃草，有时候闭上眼，这些景致便化成一张张画。配合着火车与铁轨敲打的声响，一切都是那么宁静，大自然的景致令人敬畏与心旷神怡。即便下雨，在窗户上面的水珠都是俏皮的问候。

我会想念窄小的荷兰楼梯，总是被迫害妄想症地觉得穿高跟鞋如果绊倒了会跌得很惨。

我会想念那一整年的冬天和雨季，无论外面的世界正在如何水深火热，这里就算出太阳也要下雨，不用带伞因为大家都在雨中行走。比起巴黎，这里的人们更懂浪漫。

我会想念大冬天到了中午仍然乌黑的天，无论刮风下雪天雷滚滚，坚毅的荷兰同学仍然在一清早裹得严严实实骑着小车准时出现在教室里。我会怀念那些孩子坐在自行车前的篮筐，母亲在后面骑着送去上学，感觉那些孩子可以论斤来买。

我会想念在火车站一边总是排列整齐到壮观的自行车，还有所在运河上的自行车们。我怀念每时每刻走在街上内心的由衷感慨：怎么那么多！是自行车会生小孩吗？

我会想念从炸鱼的小店铺传来的香味和门口排着队流着口水的荷兰人，

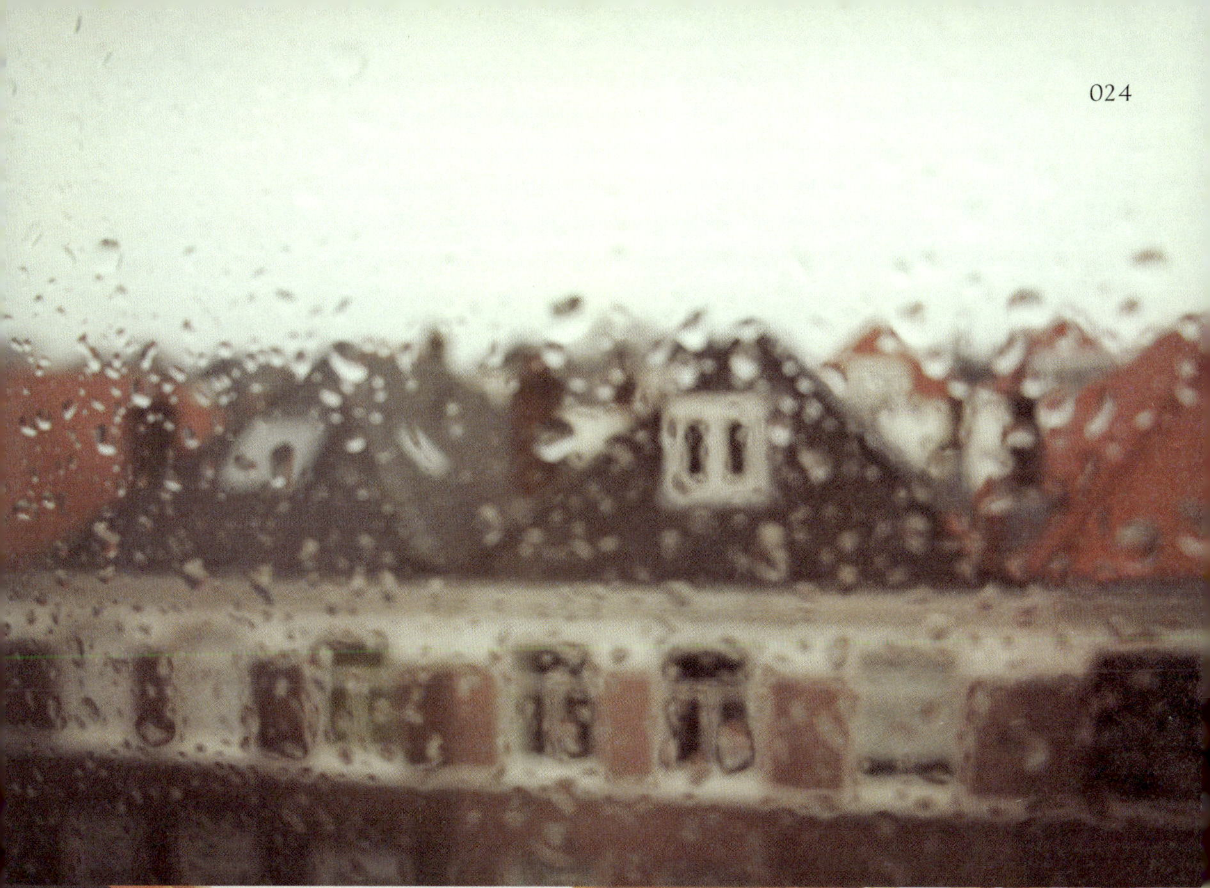

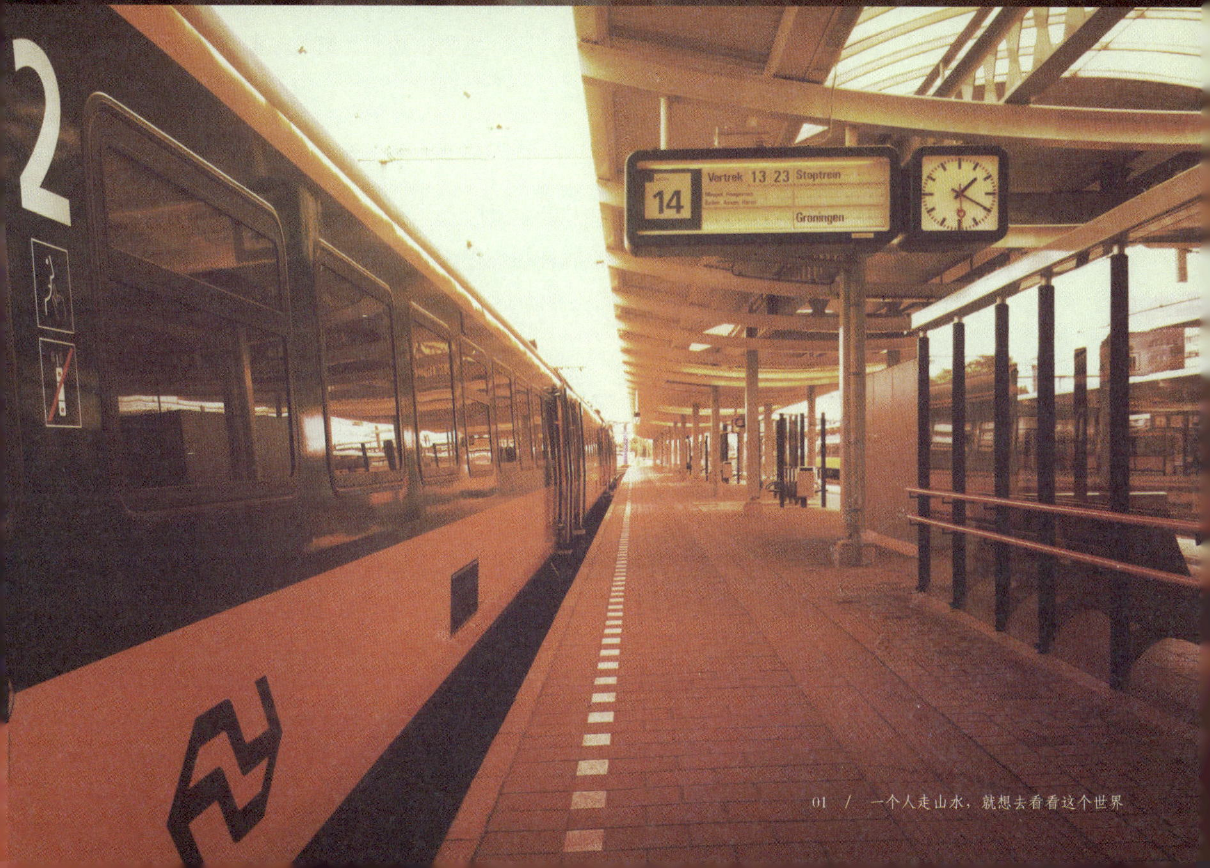
2
14
Vertrek 13 23 Stoptrein
Groningen

我会想念总有一两个人站在那里手里拎着一条新鲜的鱼，沾满了切成小颗粒的洋葱，以一种标准的国民吃鱼姿势，张大了嘴巴往里面放。

我会想念高高大大的荷兰人，和我说话总是要低下头来，而我呢，那脖子快要断了的仰望。

我会想念北部小岛上的旅途，会想念夏天那一如既往的阴冷多雨。

我会想念运河两岸如同积木一样的红色荷兰房屋。

……

城市永远不会变老，而只有我们，在不断行走不断经历，无时无刻不在细微地老去。无论曾经在这里挣扎也罢，厌弃也罢，始终，这里占据了我最青春最自由的一段时光。也同样地，它以一个旁观者的角度一直看着我成长的某一段轨迹。

半年前，毕业后离开荷兰来到巴塞罗那生活。前段日子收到了一封邮件，同样是在荷兰读书的留学生，也同样很想快速离开这个“鬼地方”。很奇怪，我居然会站在荷兰那一边说荷兰的好话，我在回信里写道：

“回到在荷兰生活这件事情上，无论决定继续留下来读书，还是一走了之，每个地方就像一个人一样，你了解得越多，往往越会接受它的合理性，也渐渐会去接受它。最北部的小岛很美，有机会一定要去那里踏着自行车沿着海港逛一圈。最南部的荷兰、比利时、德国三国交界点藏得很隐蔽，徒步寻找发现的时候令人感激涕零。从Venlo火车站下来，一路沿着公路走到德国边境，看着提示牌上在荷兰画一个叉，有股越狱的快感。而没事干去一次阿姆斯特丹混在游人当中拍拍照，到红灯区观察变态地瞄着姿色各异橱窗女的变态叔叔。去一趟鹿特丹闹市区，非要让自己感受一下上海的气氛。或者在大冬天穿得像个熊一样，去海牙的皇家海滩，对着冬天的大海大喊大叫。

一口气说了这些地方，即使相比巴塞罗那，荷兰实在不能算hot或sexy。但，走得越近，越是会被那些自己发现的美吸引住。至于荷兰人，外热内冷也好，外冷内冷也罢，无所谓他们如何，遇到了朋友，他们就是“朋友”，不再是“荷兰人”了。

其实，我多希望三年前有人能告诉我这些。

鬼地方，谢谢你带给我的成长。

荷兰 再见

没什么是理所当然的，只要一点点任性，一点点珍惜，幸福就容易了。

所有不按常理出牌的人，喜欢在大夏天里将空调温度开到最低，洒一身花露水，然后躲进厚棉被幸福地哆嗦；喜欢在冬天尽情晒太阳，街头看到雪糕柜如获至宝，边用力吸鼻子边幸福地舔棒冰。

越是稀缺的资源，越是珍贵。那么这个经济学原理，可以让一个拥有一切却不快乐的城里人，在偏执里给自己一点幸福。

欧洲的度假胜地，往往是万里无云阳光充沛的南法或西班牙海岛；我总向人称赞的，却是海牙冬天的海。

海牙皇家海滩在夏天时的拥挤盛况是无法想象的，一家家酒吧搭起了扩展到沙地上的露天座椅，迪斯科音乐此起彼伏，简易搭建的零食车可以买到便宜却美味的炸春卷或香肠，沙滩上海水里满是拖家带口的荷兰人。

因此，但凡想来荷兰的游客，大多被建议在郁金香花开的四五月来最好，那时天气温暖，阳光也是一年四季难得好的。其余时节，尤其冬日，简直miserable！那时上课，千年准时的荷兰同学一觉醒来，看到窗外正午十二点依然风雨大作一片漆黑的天也会产生厌世感，纷纷找理由给导师发邮件不上学。

冬日，一切是死掉了的。

我呢？却兴奋至极，挑个下雪的周末，全副武装：最厚的羽绒服、雪地靴、裤袜，踏上开足暖气的一号电车（贯穿海牙城市两端，从代尔夫特一直到海滩），到站后在凛冽寒风中张开双手奔向大海。

因为积雪，沙地是一片雪白的。远处的海永不结冰，深蓝色不动声色地潮起潮落。我走在沙滩留下深深浅浅的一个个脚印，偶尔能遇到同样怪癖好的荷兰人，他们欢快地打雪仗，看到我和同伴，友好地喊“kom！”调皮奔放地，就直接一个雪球扔过来。噢！还不能忘了去堆雪人，在沙滩上堆出来的雪人都是奶油巧克力味道的！秘诀在于积雪下是湿了的沙子。

玩得累了，就躺下来，深深陷在雪地里，不远处的深沉海浪，呼吸也跟着慢了下来。

路灯昏黄，乌云密布，时间早已无关紧要。

可以大吼可以打滚可以尽情奔跑跌倒。这样纯真的幸福，够浓烈。

想必，也有很多这样不按常理出牌而快乐的人吧。世间万物如同春夏秋冬，不断毫无悬念地循环往复，没有一个季节是完美的，总能找到不爱的理

由：太热，太冻，太晒，太阴……偏执的人却能找到自己的快乐逻辑来：如果冰棍吃太多就不被珍惜，那就在冬天当作宝贝吧；如果夏天太拥挤，那就找到属于自己的冬日之海吧。

没有什么是理所当然的，只要一点点任性，一点点珍惜，幸福就容易了。

I WANT TO BE

DIFFERENT

FROM THE WORLD

我想和这个世界
不一样

I want to be
different
from the world

HongKong 香港

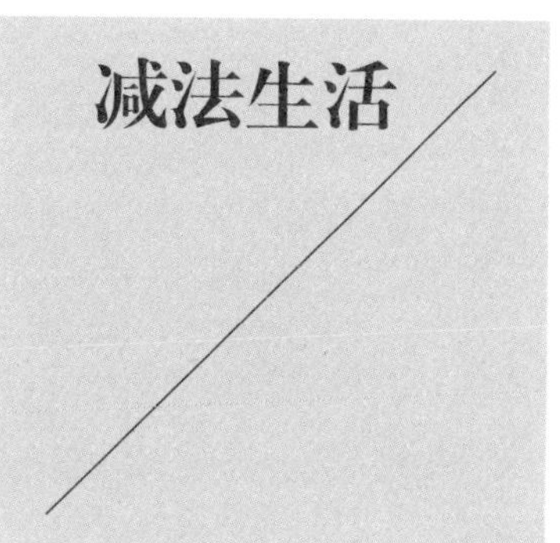

减法生活

香港的狭小空间教会人不去浪费，更学会生活，不断做减法题，最后拥有的，都是最需要的东西。蜗居，对于人生是一种很有趣的练习。

去年今日，跑到香港住朋友家。

我从太子站下来，穿越狭窄拥挤的商铺，跨入一寓所。电梯不断攀升，抵达后，再于潮湿空气以及鱼蛋面香味中，穿越只容一人通行的走廊。途经一户户铁门，有的对外敞开，可听见屋内小童嬉笑大人对话，电视与吃饭的碗筷碰撞声交错。

最终角落处，友人掏出钥匙，边转动边嘱咐："你可别期待太多啊！这边寸土寸金，房租死贵，能住在靠近市中心已倍感满意。"

门一开，只见十五平方米左右的小客厅，连沙发和吃饭桌子都无。四方卫生间，冲凉与如厕共用。朋友的卧室，一张小床、一张书桌、一把小椅、一个衣柜，早已塞满屋，两人同时出现其中，拥挤出奇。

原来满大街奢侈品、满眼高楼大厦的香港，居住其中的人却过着如此生活。朋友看我愣在那儿，更起劲，说："来，看看我室友的房间！"一开门，只是张小床，竟空间已满！

"就在这里，我的香港房东一家五口就曾生活了十多年。"朋友介绍道。我一想到炎炎夏日，工作忙碌，香港出街吃饭因为人多地少都需要拼桌，过马路人潮汹涌胳膊肘互相碰触，回到家，又是抬头不见低头撞到，那么狭小的空间里，人不浮躁满是野心追逐大房子生活已够难，又该如何幸福呢?

突然想起，舒国治认定的"家"，不过是睡觉冲凉和大便的地方，意即一张床一个卫生间足矣；三毛向往的"家"，万水千山走遍，仅需一个灯泡下和爱的人吃饭；乔布斯的"家"，简简单单没有摆设，一张放电脑的矮桌，照片里他就坐在地上。

难怪乎，在香港诞生了一位生活家——欧阳应霁。关于蜗居，他认为这并不是"问题"，反而挺好的。香港的狭小空间教会人不去浪费，更学会生活，不断做减法题，最后拥有的，都是最需要的东西。

回忆童年，欧阳和弟弟、妹妹、爸爸、妈妈，还有一个长辈，六个人住在二十平方米的房子里。爸妈一间房，他、长辈还有弟妹则睡另一间房，分别是上下铺，房间还不到十平方米。

但他强调："我们一家很快乐！"

"给你一个大空间，如果里头没有人跟你在一起，孤零零的，我觉得更难过。或者就算你有钱，你可以把那个空间都堆满你喜欢的东西，但是东西

那么多，你可能要花两三年才能完全眷顾到它们，很多衣服买回来从来也不拆，十年后才发觉原来自己有这件衣服。”原来，蜗居对于我们的人生是一种很有趣的练习。

老话说，有才华的人省下买衣服钱。好友A，汗衫牛仔裤加帆布鞋，不爱逛街，基本款走天下，可一旦跳起舞来，整个人闪闪发光，即便身上这基本款也立刻鸡犬升天。同样，再小的空间，倘是一家人相亲相爱，或又倘是一个人住充满希望，一碗一筷都因此是精致的。

耳机里，孙燕姿幸福地唱着《完美的一天》：“我有一间大房子，有很多的落地窗户。”闭上眼，我看见的却是朋友，她在香港的卧室，屋内仅有生活必需品，小书桌上贴着便签纸，上面是一句句激励她每天奋斗的话语。

怀揣理想的港漂，是不是该这样幸福地唱：“我有一间小小房，有很多的梦想和明天。”

我想和这个世界
不一样
I want to
be different
from
the world

Spain 西班牙

幸福的直觉

原来并不是越长大就会变得越“将就”，而是我们渐渐发现，幸福其实不需要太多的思考，直觉是唯一的答案。那过去无数次的错误恋情，帮助我们炼就了“幸福的直觉”。

1.

知道梁咏琪嫁来西班牙的新闻，我正和玛利亚在巴塞罗那的住所里搅拌面粉，做奥利奥芝士蛋糕。阳光慵懒地透过窗帘映射在木质地板上，图案斑驳。

玛利亚问：“为什么要那么惊讶？”

我说，缘分是从巴塞罗那开始的。看着她在西班牙“派对海岛”上的婚礼，千百万个难以置信。她和郑伊健之间一波三折的恋情还清晰如昨，接着关于她和美国男友之间的浪漫情事也堪称高调，怎么那么快就settle down，而且，两人认识不过半年！

2.

叙利亚土耳其边境的小城镇圣鲁尔法，这里根本不是旅游胜地，当飞机盘旋下降时，放眼望去，只见得茫茫一片荒无人烟的红土山脉，那一刻我激动得好似哥伦布发现美洲。

但没想到，我不是唯一发现“新大陆”的人。接下去的旅途中，竟遇到了一个住在这儿的美国人！

他正在铁器店里，捧着茶和一个当地铁匠聊天，那时房东正带我四处闲逛，路过这家店时，他指了指里面，说：“那个人是美国人，哈哈！叫汤姆。两年前来这里旅游的时候，也住在我的旅社。现在他又回来，决定长期住在这里呢！”听见我们正说英文，汤姆站起身走过来打招呼。他五十多岁模样，戴着银框眼镜，不似会做出脑袋发热举动的嬉皮士。我问：“你怎么决定要住在这里？太不可思议了。”他说：“很简单啊，因为我喜欢这里。”

3.

旅行结束，我去了巴塞罗那工作。老板很年轻，来自加拿大。八年前，他曾是来巴塞罗那读研的学生，毕业之后在此创业，并一直居住在这里。有天我好奇地问他：“地球上那么多地方可以去，为什么选择巴塞罗那？”他的回答，竟和汤姆一模一样：“因为我喜欢这里。”

听到这答案，我暗暗惊叹，这两人一把年纪了，怎么还那么草率！

会不会随着年岁的增长，我们对于幸福也越来越“将就”了呢？

4.

一次上西语课，爱斯特里亚在讲台上问：“你想找怎么样的另一半呢？”班级里年纪小的，特别是十五六岁还没有谈过恋爱的中国人，回答得最积极，“要帅哥！”“要会开车！”“要懂浪漫！”至于另一批，三四十岁还没有尘埃落定的，答案出奇地简单：“让我有感觉的人。”

但看到娱乐节目的访问，我似乎得到了解答。她满脸幸福（更是天真）地讲着求婚的细节，讲着两人相处的一个个故事，甚至连看电影时选择字幕语言，都能讲出一段令她感动的小细节，嘴角洋溢甜蜜的笑。

原来并不是越长大就会变得越“将就”，而是我们渐渐发现，幸福其实不需要太多的思考，直觉是唯一的答案。

曾经写下的一条条要求，在过去成长的道路上，我们改变自己，为了配得上那个“想象中的人”，在努力进步中，我们更因此吸引到了这一类的人。至于那过去无数次的错误恋情，更帮助我们炼就了“幸福的直觉”，于是当与那个对的人相遇，一切不需要拐弯抹角的算计，不需要浓妆艳抹的刻意，只是顺理成章地牵起手来：哦，原来我等的人是你！

可以奋不顾身地付出，然后淡淡说一句：“因为我喜欢这里！”

好令人羡慕的幸福！

我想和这个世界
不一样

I want to be
different
from the world

D I F F E R E N T   W O R L D

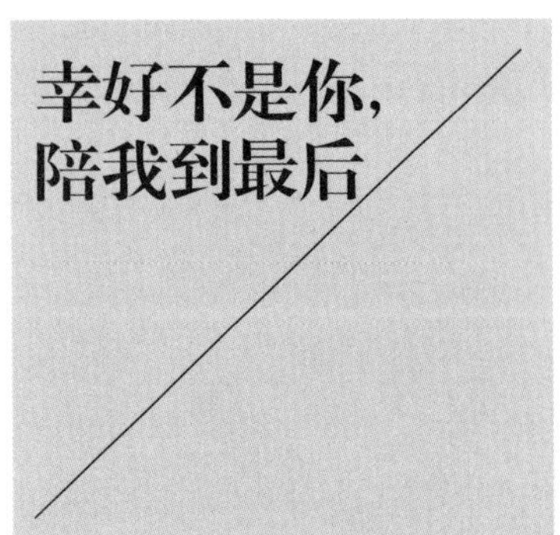

幸好不是你，陪我到最后

Spain 西班牙

也许喜欢想象你，多于得到你。想清楚了，没有一个人，没有一座城市，注定是我们最后的归宿，也就习惯漂泊。

耳机里，循环播放着《怀念》。

“也许喜欢怀念你，多于看见你。也许喜欢想想你，受不了真的在一起。”真有感觉。

我认识一个东北的女孩，她五岁的时候，在两个家族聚会上，见到了比她只大一岁的男孩。大人们起哄，要定个娃娃亲，两家人本来关系就好，这样的话，以后亲上加亲。男孩没有概念，可这句话却深深植入了女孩心里。在那一刻，她发现自己喜欢上了这个男孩。

接下去的节日和庆祝，偶尔被带去这样的大聚餐，她才能见到男孩。甚至有三四年，都失去联系，倒也不能说是“联系”，因为他们连话都没有说

过。就这样的喜欢，女孩竟然坚持到了十八岁。

对于男孩的想念，已经成为习惯。

只是，那些大人似乎早已忘记了当年的玩笑话。也只是，每一次她见到男孩的时候，有些疑惑。这个她一呼一吸之间想念的人，出现在眼前，却陌生得很。

对于男孩，她一无所知。和小时候的相貌比起来，她不知道自己喜欢的是当年的那个他，还是现在逐渐长成大人模样的他。

她还是没勇气和他说话，更没勇气告诉他这么多年的想念。她去看他的

网上页面，某一刹那清醒：“我不过是给了自己一个幻觉。我只是把这样一个人，当成想念的对象而已。”

木心写道：“好事坏事，过后谈起来都很罗曼蒂克。”

《午夜巴塞罗那》中有一句话：“只有不满足的爱最浪漫。”

原来，冷眼旁观romantic，不过就是两种可能：1.无能为力的时候；2.注定是个悲剧的时候。

她告诉我这个故事，我发现，它符合关于浪漫的这两点因素。

你不在我身边的时候，我最爱你。幸好不是你，陪我到最后。我才能在不断的回味里，继续迷信你，继续想念你。这样一个你的存在，让我成为茨威格笔下，写信的那个陌生女人。

我们对于城市，也包含了这样的感情。有时是别扭，有时是诗意。

在香港，A狠狠批判这座城市逆流成河的物欲；离开后，在北欧的超市，每次买到屈臣氏矿泉水，A都欣喜若狂。

在西班牙，B总跑到中国超市买奶茶冲泡粉，到中餐馆只为了绿茶冰激凌；回国后，每每喝到西班牙红酒就热泪盈眶，拿到工资就去洋餐馆点海鲜饭。

A和B这样的人很多，总结起来，在家乡的时候，最爱肯德基麦当劳必胜客；出去之后，最爱中国餐厅的蛋炒饭。

他们总沉溺在哀伤之中，一种由于空间转换，而带来的怀念。这样的怀念，就是："也许喜欢怀念你，多于看见你。也许喜欢想想你，受不了真的在一起。"

他们都忘了，此刻所在的城市，是不会成为最后归宿的。他们接下去还会换一个地方的，可就如同每一次恋爱，他们总一头扎进去，每一次都是初恋，每一次都轰轰烈烈，每一次都山盟海誓。这样的人，每去到一座城市，都会怀念曾经驻足的地方，因为他们以为，现在的所在，会是永远。

想清楚了这些，我们为什么不去学会将泛滥的情绪烂在心里?

也许喜欢想象你，多于得到你。想清楚了，没有一个人，没有一座城市，注定是我们最后的归宿，也就习惯漂泊。而习惯漂泊，就不再有想念，不再被那无法呼吸的怀念之痛捕获。

没有城市是我最终的家，没有人是我一生的陪伴，于是，我才学会了珍惜此刻。

为了那随时的告别，我总是做好了准备。谁叫我们都不过是这世界暂住的过客呢?

西班牙情结

Spain 西班牙

一个地方对于一个人的深刻意义，不仅仅是歇脚。家乡可能慢慢看着你长大，而有些地方，是注定要看你的跳跃性改变的。

有西班牙情结的人，都会爱三毛，都会有一股骨子里面火红的热情，希望活成一道浓烈的色彩。

其实一开始对于西班牙，仅限于瑞典男孩从马德里旅行回来，送我的一瓶酒，产地西班牙。他说："你喜欢红酒，又喜欢红色，我看到了这小瓶子的酒就知道你会喜欢。"

那个瓶子很漂亮，有西班牙女郎跳弗拉门戈的身影，也有斗牛士手里飘扬的布头。后来，在爱尔兰当交换生，结交了一群西班牙朋友。

一起做饭，一起吃饭，一起去跳舞，一起旅行，一起看电视剧恐怖片文艺片，最后演变成，一起参加聚会时，连我都会大言不惭，与荷兰严格守时的朋友说："西班牙文化硬性规定要晚来一个小时的啊！"

巴塞罗那，第一次抵达。当飞机顺利亲吻大地，每个飞机上的乘客都鼓起掌来，甚至还有欢呼声。这是我头一次，以这样的方式被一座城市迎接。

一个地方对于一个人的深刻意义，不仅仅是歇脚，家乡可能慢慢看着你长大，而有些地方，是注定要看你的跳跃性改变的。

凌晨一点，这里的夏天还是那么热烈。暖黄色的街灯下走过的，是滑板少年，牵手散步的恋人，准备去夜店激动的美国游客，也有身体健壮脸庞俊俏的超级模特。在这里，所有的天马行空都得到了合理的解释，有毕加索，有高迪，有达利，也有很性感的过去现在与未来。

无论你带着什么心情来到这里，始终影响不了她的明媚阳光，即使行遍万里的旅人，在此，终于暂时寻得令人满足的港湾。

这是个太过符号化的城市。一个地方，不求带走什么，只为了配合在某一阶段的自己。欧洲的故事从跨越比利牛斯山脉的那一刻结束了。接下去，只是关于西班牙的一切。

在飞机上听见西班牙语，就开始产生了亲切感。不亚于每次坐KLM（荷兰皇家航空）听见从喉咙里挤出的荷兰文。更不用说在餐厅用餐，尤其在上海时候，喝着果酒看着隔壁一桌子西班牙人在那里聊天。

那些手，在空中挥来挥去，这样的画面，怎不叫人感到亲切？

世界杯夺冠的那个夜晚，在巴塞罗那露天广场和朋友们一起喝着啤酒看那场比赛。快门按下的那一刻，画面其实刻在心里了。

红色的礼花四处绽放，大家互相拥抱亲吻。马路上汽车鸣笛，连我们回家的时候也都狂按喇叭。

夏天乘坐热气球，西班牙的小镇，可能在地球仪上面只是无名的小点，却仍有阳光慷慨地洒下。

也记得一次参加葬礼，老人的儿女子孙悲伤地送别遗体，在教堂每个人都那么伤心。可是下一刻，一个个家庭开车到附近的tapas饭店，占满了门口一整排桌椅。壮观的家人聚餐，突然没有了丧事的哀，大家都笑着讲天气讲食物讲旅行讲过去的快乐生活。

若是比较没有心机，更坦荡更脚踏实地地活在现在，非西班牙人莫属。更不用提恐怖袭击后，绝大多数西班牙朋友表示照样过他们的生活，照样搭乘地铁。

因为灾难、末日，这些无妄之说，无论存在不存在，他们都只要过好这一刻就好。一度站在风口浪尖的西班牙，被指责黄瓜西红柿导致某国国民死亡与受感染。国内蔬菜出口成巨大问题，也不见得有农民想不开。

打开电视，居然还有长达三分钟的众人吃黄瓜的宣传，可爱之余看见了他们天性里的豁达。

好友中，许多都有着浓烈的西班牙情结。

理由很多，喜欢他们说英语时的口音，喜欢男生留胡子的那股帅气，喜欢西班牙慵懒随性的生活，喜欢不怕生不怕被拒绝的马不停蹄的热情，也有追随三毛的女孩们。

还没有想好自己是属于哪个，或许，也只是因为有一个人的存在，这里成为家。管那么多呢，至少这份情结会一直在。

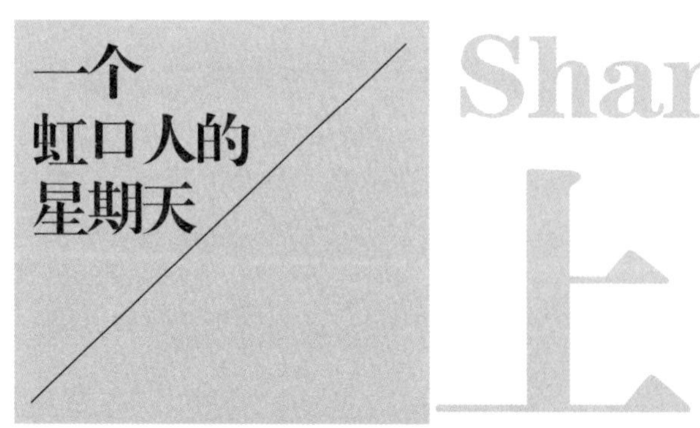

一个虹口人的星期天

Shanghai 上海

这里是上海，这里是家。毕竟，必须离开过，才能说“回家”；必须失去过，才能说“珍惜”；必须厌恶过，才能说“惊艳”。

1.

终于决定去游泳，恨不得给自己铸个奖杯。

两星期前，和大辰约好去上外游泳。开始倒计时，雄心壮志，仔细想来，上回做运动居然是一年半前。冬天，易心宽体胖。尤其此刻，过年大餐，劫后余生。该强身健体，做个合格的社会主义接班人。

留学时代，穷，不吃药，对药也无知。感冒发烧了，超市买只柠檬，挤出汁，龙舌兰shot（一种喝龙舌兰酒的方法。shot指一种小杯，一般一口一杯。）一样，一口。睡一觉，第二天保证活蹦乱跳。如今，借马家辉自称一用——成了东亚病夫，办公室从天亮坐到天黑，屁股坐方坐大，小肚子也有了。年初时，一感冒就持续了一个多月，病好时，恨不得将喜讯昭告天下。

周末临近，悔意渐生。虽然这些天出太阳，上海依旧冷到骨头里，要是那天下起雨来，风一吹，又成病夫。况且久别运动场，暴毙泳池如何是好？对了，该穿什么泳衣？现在泳池里穿连体服，要是被十几岁犀利晚辈黑成“老河马”，一不小心就做了微博段子女主角。比基尼很久没穿了，早已不敢在洗澡后看望身体，巴不得雾气越浓越好，但愿泳池不会淹没了我的自尊！

还是不去了吧。活着心宽体胖挺好，偶尔来些小毛小病，请个病假在家吃零食看电影。

走在五角场，在口袋摸着手机，不断想着发给大辰的措辞。又想到，明天还是去吧，说好了的，临时变卦不靠谱，以后就没人一道吃饱了撑着冬天去游泳了。不就是一开始受些冻嘛！中学的游泳课，大冬天不也是别别扭扭的，但游完泳洗过澡，寒风里全身还是暖洋洋的。和坐云霄飞车一样，排队时候怕，坐过一回，下车后腿还在发软，但觉着爽，还想再玩。

睡前再次反悔，似乎大家也都没睡，明天星期天，元宵节，十二点钟小区居民们纷纷出动，为PM2.5做贡献顺便烧钱。错过了现在，早晨再说不去游泳，那就是个不靠谱的人了！现在还是那么冷啊，穿上了泳衣简直是自虐，不知道游泳池的水温不温。洗头后，要是没吹风机就尴尬了……爆竹声里翻来覆去想了一晚上。

醒来，是个阳光大好的星期天。黑着眼圈吃早饭，头发一把抓，大光明，马尾盘成一个包。吐口气，沉重地迈出家门。

终于上！路！了！

2.

远远见到大辰穿着中学校服，第一句话：“泳池没开门啊。”瞬间变成卡通人物，头顶在下雨。

星期天早晨，马路空荡荡。两个人，一个穿中学校服拎塑料袋推自行车，一个全身运动服两手搭胸口书包背上，朝四川北路走去。

“昨天，我在想要不要和你说不来的。吃了甜品不舒服，可又想想那不是理由，今天早上好多了，还是来了。”大辰先开口。发现彼此都内心战斗过，也被半夜鞭炮折腾过，哈哈大笑。游泳不成，去鲁迅公园逛一圈。但绝不去龙之梦，一来两人外表落魄，二来口袋也落魄：加起来只带了一百元出头的钱，没有手机，没有手表，被打劫也只拿得出两条毛巾和两套泳衣。

公园热闹，太阳底下人来人往，里面都是扎堆的。这边有人在大合唱，声势壮烈，还分不同音部。一个中年男人指挥着，陶醉而认真，置身上海音乐厅一样。旁边围着看热闹的人也不甘寂寞，都跟着一块儿唱。那边有人跳舞，居然还上过电视台，一边说段子一边教骑马舞。周围的老人和小孩跟着跳，手在空中挥着圆圈，脚下蹬得一板一眼。

小店的玉米三元钱一根，香味飘得四处都是，门口摆了三张桌子和许多椅子，上面摆着五彩颜料瓶子，几个小朋友低头严肃创作，涂抹愤怒的小鸟和喜羊羊灰太狼，抹几下，觉得没意思了，爸爸接过来，居然画上瘾，妈妈和小孩就在一旁冷眼看他沉醉其中，这才是家里的小孩！

往前走就能碰到练书法的老爷爷，他们在地上用大毛笔蘸了清水写字，铿锵有力，让人不忍践踏。小心翼翼往边上走，石桌子上面一桌桌打牌的下棋的，围着人在看，唯独一局终了才有人开口说话。草坪前，突然冒出个老阿姨来，全身黑衣服黑裤子，打开收音机，音乐响起，全身扭动跳起舞来，姿势豪迈却也妖娆，明明一个人，却好似有人对舞似的，表情夸张，但又让人想继续看下去，有说不出的魔力。渐渐地，有人围上来喝彩。

和大辰两人在中日友好时钟那儿坐下，晒太阳聊天。阳光下，周末的公园像是一个公共的客厅。

对虹口人来说，鲁迅公园就是成长的回忆吧：虹口人，在这里的草坪上，被爸爸妈妈扶着迈出了人生的第一步；第一回坐海盗船哇哇大哭，玩碰碰车光荣负伤，额头撞出了个乌青块；周末做完作业，左边牵爸爸右边牵妈妈，绕一圈公园散步，心里盘算着功课做完后的肯德基儿童餐该兑现了；看见门口卖小黄鸡小白兔，哭闹着要一只，表无数决心，回家后没几天全是妈妈养，后来他们再没上当；春天到了，拿个水桶捉小蝌蚪，石头上脚一滑差点掉河里，长大后常做这样的噩梦，把蝌蚪带回家放厨房，蝌蚪长出四只脚，变成癞蛤蟆的多，妈妈做饭时，有只跳了出来吓到她，只能再拎着水桶回公园放生；小学春游，动不动就去鲁迅公园，在鲁迅墓前做爱国主义教育，呵欠连连，只等着解散去探险；和好朋友们租了船，拿着船桨在湖当中打仗，还船的时候每个人都是湿漉漉的；开窍后，早恋没地方去，偷偷摸摸在小山的亭子里牵小手；翘课时，走在公园里，迎面走来的人远看都像是班主任，胆战心惊……

接下去呢？在这里拍婚纱照，反光板打在涂了粉的脸上，假笑里还真有些幸福；带着孩子迈出第一步，陪着坐海盗船夜晚赏灯节；有一天，父母坐着轮椅，你推着他们出来晒太阳，孩子尖叫奔跑，捞蝌蚪时差点掉河里；退休时，在这里唱歌跳舞写毛笔字，凑齐四个人时候打八十分，怀旧地跳骑马舞。

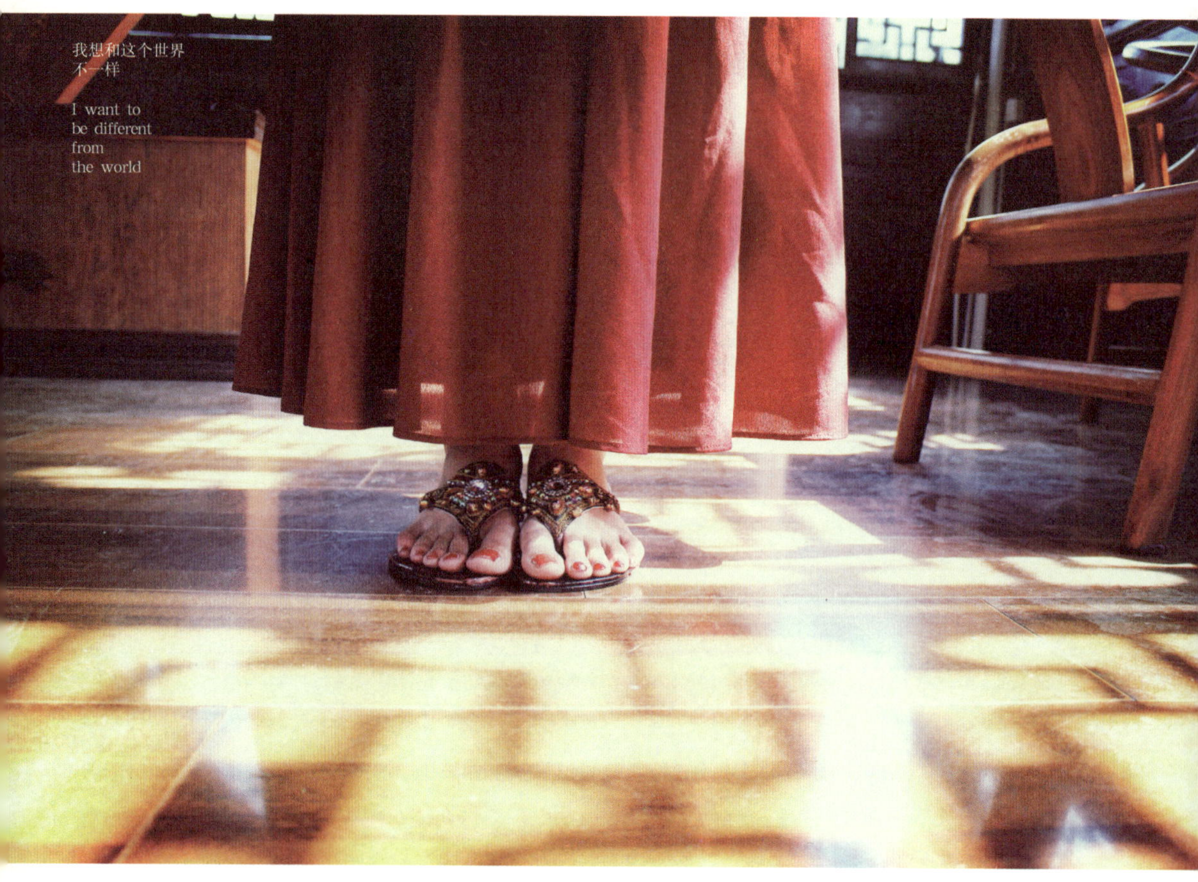

3.

阳光下，公园里，生老病死都在发生。太阳底下无新事，可是，人的二十四小时却又变幻莫测。

走出公园，正中午，肚子饿了，路过公交车称霸的甜爱路，走过自行车来往的山阴路，到了万寿斋，生意好，队伍排到马路上。

一个排队，一个等座位。这里的中年阿姨脑子快眼睛尖，瞄一下单子就知道你要什么，再看你一眼，十几分钟后，还能记得你点了是哪三样。店

面小，像香港一样拼桌，我和大辰聊的话题，同桌的一家三口接下去也开始聊。这里的东西，口味甜，小笼包一口一个，嘴里吃了一半筷子就又动起来，甜滋滋要上瘾的。一大碗红烧牛肉面，面量大，牛肉酥软，筋有嚼劲，汤底子也是甜的。

斜对面一桌子，男孩高大面目俊秀，女友长发娇小干干净净，买了两笼还冒着热气，坐得近头碰着头在吃。他俩住附近刚醒来的样子，幸福就是六块钱一两的小笼包。生活哪里需要远方，阳光下的星期天，就是了。

4.

前不久，有人建议户籍上的“出生地址”一栏毫无意义，应该改为“在哪儿过年”。在哪儿过年，哪儿才是家。也就是说，对于我们，没有兄弟姐妹的新一代：爸妈老同学老朋友在的地方，就是家乡。

虽然上海总在整容，马路越来越宽，楼越来越高，地下越来越复杂，见一回陌生一回，可只要和那些人在一起，熟悉的感觉，就又回来了。说起老同学们一个个长大后以何种方式毒害社会，回忆以前在操场放过的一次风筝，原来我们那数学考卷满天飞的中学时代，还是有那么些可以放在偶像剧的剧情。

与大辰告别，她踏上小车，还鄙夷了下：“你居然不用微信！”来不及回嘴，她已骑远。

上了公交车，站定。眼前座位上，有个女人抱着个小女孩。女孩子声音细细地说：“今天太阳晒了很多，吃得饱饱，好满足，要回家看动画然后睡觉。”

妈妈开着玩笑，也用小孩的声音说：“你人生就这样容易满足啊？”女孩没懂是玩笑，见到马路旁边有人在卖气球，卡通图案，看得入神。妈妈发现，说：“氢气球里面，上次和你说的还记得吗？里面不是氢气，别的小朋友买回家，砰！爆炸了。”

小女孩说：“嗯！炸得衣服都破了。”妈妈笑起来，果然是小姑娘，在乎衣服，于是严肃地说：“衣服炸到是小事，他们被炸得身体和脸受伤就不好了。”小女孩似懂非懂地点点头。

星期天公交车比平时空多了，到了站台，上来些人，关了门刚开，司机又停下，原来有一家三口跑来。男人抱着个小婴儿，司机嗓子虽然粗了些，可说出来的话让人体察到温柔：“慢点，抱着小孩啊！”他们上来后，站在中间看车牌找路。司机大声喊起来："我要开了，侬抱着小孩到黄座位。哪站下，我帮侬喊。"

男人抱着孩子往里走，没有人让座位。不过也没关系，最后一排有个空座。他让孩子坐在膝盖，问老婆，要几站路。他一报出站名，旁边的人纷纷说："哎呀！侬坐反了啊！"这时候，有人心细，好心地说："别下一站换啊，跟侬讲，那边要走些路，抱小孩不方便。下一个再下一个站，直接对面可以坐到反方向的。"

又到站了，也上来个抱着婴儿的，司机关了门后，粗声粗气地喊："后面！占着黄色座位的，给抱孩子的让让。"那个小青年听到，脸红不好意思，就站了起来。

窗外的阳光照在脸上暖洋洋的。身后走过个打电话的中年男人："……他人虽然得了癌，毕竟七十岁了，开开心心要紧，吃吃香烟喝喝老酒，今天天气好，慢点带他去公园晒晒太阳……"

那对母女和我一站下车，走到门口。小女孩嘴里还是叽里咕噜说话，念着路旁小店的名字。一个老太太见着，手伸过去摸摸她头发，嘴里念叨："小姑娘头发好长，和洋娃娃一样！留了多久？"女人倒觉得有些不好意思地说："嗯，两年。"

"两年留得那么长了！小姑娘皮肤雪白，头发又漂亮，还是养姑娘好啊！"老太太赞叹起来，旁人听了，也忍不住去打量这个穿红色连衣裙的小女孩，她像是听懂了，不说话，有家教，知道有人在夸就不要说话。她妈妈客气地说："小姑娘也麻烦啊，哈哈，走啦，和奶奶说再见！"

到站，车门开了。

5.

“一想到我的生命消逝得这么迅速，而我并不是真正地活着，我就受不了。”《太阳照常升起》，海明威写那个时代的迷茫少年。看到这样的独白，坐不定心不静，恨不能与家乡绝交，往远处跑。到了远方，想起鲁迅公园依然熙熙攘攘的画面，想起小笼包一屉屉冒着的热烟，只想手里有张回家的机票。终于回到这个厌倦过恨过的地方，太阳在头顶好舒服，冬衣底下，已经出汗。

原来这就是生活。“我既不悲观，也不乐观，只是每天早上睁开眼睛迎接新的一天，一个人努力过下去。”青山七惠说。

阳光底下，虽然没有新事，可是啊，太阳每天每时每刻又都是新的。

回到家打开电视，STV的宣传片百看不厌。天没亮，外滩的敲钟人已经醒来，地铁开始穿梭，打通这座城市每一个穴位。上海的老阿姨们退休后还很忙，在相亲角前勤做笔记，公园里大叔拿着股票机研究。石库门正在举办婚礼，谁家的女儿嫁出去啰，新郎强壮，背着她去过新日子。小婴儿出生后，脚丫子在纸上敲个蓝印，这座城市又来了一个新成员。最让人难忘的是小女孩的上学第一天，哭着不想去，被硬是抱上了校车。车子开动，小女孩脸上还有泪水，难过地朝车窗外招手。镜头切换，她的家人，爸爸妈妈爷爷奶奶叔叔阿姨，都站在小区门口不舍却又面带微笑朝她招手。

这里是上海，这里是家。毕竟，必须离开过，才能说“回家”；必须失去过，才能说“珍惜”；必须厌恶过，才能说“惊艳”。说到底，必须出发过，才能说“重新出发”。

在英文里，星期天是Sunday，拆开来看就是“太阳天”。有太阳的星期天，果然是完美的一天。

D I F F E R E N T W O R L D

我想和这个世界
不一样

I want to be
different
from the world

D I F F E R E N T　W O R L D

Shanghai 上海

空城

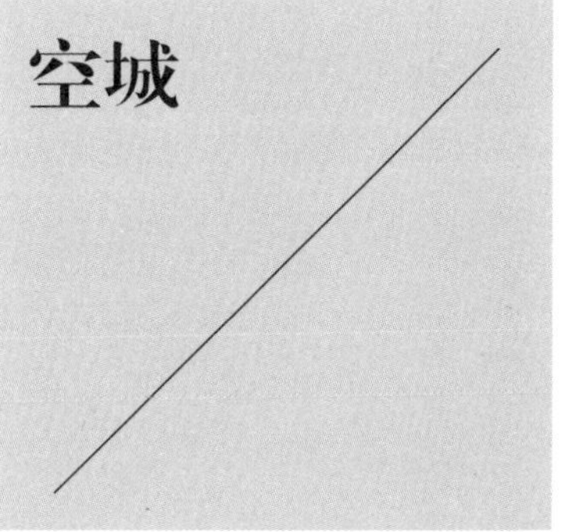

你的梦想还能在何处安放？唯独它这样一座超级大城才能让有欲望的人找到出口。

春运的票开始卖了，也意味着一年一度的中国人口大迁移即将上演。

去年回上海过年，总觉得不对劲，白天大街小巷卷帘门紧闭，马路空落落的，即便有三两行人六五小车，却总觉少了什么。和西班牙好友看完电影，接近凌晨，我们决定出门觅食。她建议："我知道有一条街，天黑了那里很热闹，街上好多吃的，我回欧洲时最想念那儿。"

走了不远，她突然停住了，只见空旷马路远处有人放烟花，眼前忽然很明亮了一下，随即又暗去。朋友失落地耸耸肩膀："啊，我忘记了，现在是你们的春节，大家都回家乡团聚去了。"最后，我俩只能在24小时麦当劳啃汉堡。

原来，不对劲是因为那些外来人员都回家过年，上海变成了空城。不再有人回收废纸箱和易拉罐，一家家门口堆得快成山了；不再有人在马路边修自行车，专卖店换补车胎的价格简直翻了十几倍，还是忍到春节过去吧；不再有人在小区门口做葱油饼煎油条，去正规商店买机器做的早饭嚼来无味；不再有人摆摊卖小挂件和头饰，橡皮筋断了没那心情特意跑百货公司还被宰；想要理发，却发现一家家店因为缺人手而排满了顾客；夜晚常回家走的路突然冷清起来，因为轻轨门口不再有排成一长队卖东西和卖各地小吃的，街头也没有了卖汽车音乐用喇叭功放的小野丽莎……

第一次到广州上班，和当地同事对证，他们对广州以外的人统称“北方人”，竟是真事，感慨之余也尴尬地被他们问：“上海人真的叫除了他们之外其他地方的人……乡下人？”

在医院里，我曾亲眼见到一个穿深蓝色破旧工作衣的男孩，他身上一大摊凝固了的血迹，头发几天没洗，上面还有些碎木屑，用不标准的普通话呢喃着问护士：“我……我……我该看哪一科？往哪里走？”他手里拿着有公安局印章的“工作意外伤害鉴定书”，而得到的答复却是对方用上海话凶狠地吼叫：“你不会自己去找的啊！”最后还得到了护士一个白眼；更别提在商店里，我从小到大不止一次见到打扮并不入时，说话口音严重的外省人向营业员问问题，对方非但没有好好回答，还一连串不耐烦的骂声：“要买就买，别问那么多，乡下人搞不拎清！”

究竟是什么，让这座伤人自尊的城市每年依然迎来一大批带着明亮眼睛的新人。他们没有行李箱，用麻布袋包起棉被扛在肩膀，拖家带口从上海火车站下来，顺着人流一头钻进地铁，到了人民广场站再换乘。他们走得很慢，可是迎面而来提着公文包的人总一个个很匆忙，擦身而过像阵风，只剩下不同气味的香水。

有天，一位英国同事告诉我，他很喜欢上海。我好奇地问："你喜欢它什么？"他说："这座超级大城市有许多机会，可以让你成为somcone。只是，这里没有真正的生活，总有一天我会再回到家乡去。"

这里是上海，没有松鼠会蹿出来啃松果的树林，没有迎面而来会朝你微笑的陌生人，只有钢筋水泥，深呼吸想要冷静，却进了一鼻子尾气，秋冬时候空气里布满了感冒病毒。

但是啊！你的梦想还能在何处安放？唯独它这样一座超级大城才能让有欲望的人找到出口。起初它不承认你，想方设法贬低你，让你哭鼻子跑回家，但当你战胜它高于它的时候，它却主动跑来臣服于你。

我家附近有一个收废品的小刘，一口外地的普通话，听着好玩。做事特别勤劳，也爽快，一个电话三分钟就出现在家门口。他老婆给附近几户人家做保姆，擦地也特别干净。后来整个小区都喜欢找他俩，我们家搬走了偶尔也找小刘来收东西，断断续续听说他做得越来越大，钱存多了，日子越来越好，还做起了生意当小老板。

最近关于中考高考的户籍问题闹得厉害，本地人不愿意外地人抢了教育资源。夏天回到我的高中，这些年来已经不再招收"全国生"了，想起在以前同班的外地同学读书不是一般地努力，直到自己出国留学后才懂了，他们必须格外优秀才能有机会留下来。当我也面对当地学生有去第三国交流的机会，有为此增加的补助资金，有学校给予找工作的帮助，我也希望能因为足够优秀得到同样的待遇。只是，作为一个外来的人，我并不想抢夺资源，只希望当我够努力够资格的时候有那么一个机会在前面等着我。当我像小刘一样，得到一份当地人可能看不上眼的工作，留在这座城市脚踏实地地生活，我未必给这里带来多大的贡献，但能让身边的人因为我的存在而有那么些快乐和方便。而当生活有一点点起色时，不希望当经济出问题时，我从一个不被这社会关心和保障的极端到被众人怪罪的另一个极端，要把我赶走认定是我抢了他们的饭碗。

你爱上海吗？站在空气混浊拥挤的火车里，车轮开动缓缓驶离这座城市，回想过去一年的奋斗，因为爱它，你痛过、哭过、寂寞过、失望过，却还是决定在节日结束后回来，继续新一年的挣扎。

别担心，回家好好过年去吧！让上海多几天空城，它会明白的，原来你很重要。

Shanghai

上海

上海咖啡馆之旅

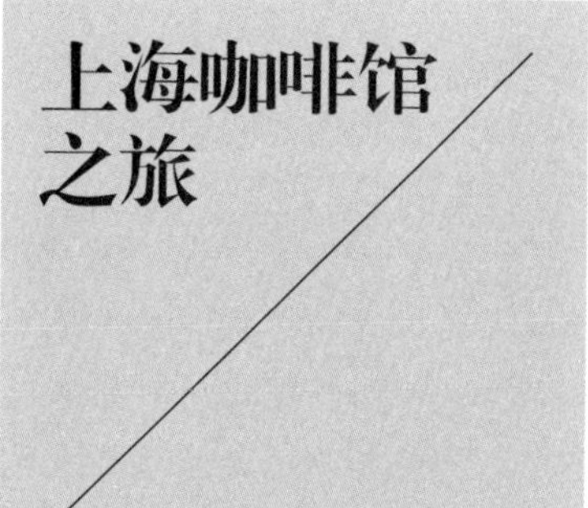

为什么去咖啡馆？和喜欢的人，做一件浪漫的事，被一个热情的服务员招待。

世界之大，各有所好，了解已经足够难得。

一个从来不喝咖啡，也不常去咖啡馆的人，如果在一天内跑了八家咖啡馆做采访，会写出怎样糟糕的稿子呢？抱着这样的心态，无知是福，我接下杂志的约稿。

最近做调查成瘾，出发前找到了些从没去过咖啡馆的人，收到接近两百条理由。许多人表示，不去咖啡馆是因为咖啡贵，在家冲雀巢即可，况且，“感觉名字取得多好听多诗意多清新多小资，喝起来都一个样，就是各种苦”。咖啡的后作用也令人却步：失眠，伤胃，心律不齐，太亢奋。

同时，有人声称“更喜欢运动完喝汽水的味道”。犀利者指出，作为咖啡能一口喝完的人，无法忍受某些人一杯咖啡从早坐到晚的行为。另一方面则有人表示，不去咖啡馆，因为每当坐在星巴克窗边，路人的羡慕与鄙视令其不适。

其他的理由无所不包，最有趣的一条是：那是一个经常上演狗血剧情的地方，“每个咖啡馆平均偶遇三点七四六个前女友”。许多人也诚恳地说：“不去咖啡馆，因为那儿不卖炸鸡、不给加香菜、不卖羊肉串、不免费提供大蒜……”

但经过访问后，我发现咖啡馆不仅仅是喝咖啡而已，每一家咖啡馆，都有一个自己的故事。此文，写给我自己，及以上这些纳闷世上为何有咖啡馆存在的人。

【第一站 甜爱咖啡屋 】

地址：虹口区 甜爱路 129号

月初发薪水时，可以带着女友耍浪漫的地方

中学坐落此地，出入四年。路况熟悉，万一得罪了谁，赶紧逃。依稀记得在巴士停靠的地方有咖啡店，到了之后，果然两家咖啡馆出现在眼前。先走进名字最呼应甜爱路的——甜爱咖啡屋。

直到毕业多年，才知甜爱路是上海必去景点之一。以浪漫为名，它街道美丽，两旁水杉树林立，一眼望去，一片绿意。街两边是别墅和老房，为增添“甜”与“爱”氛围，政府在墙壁雕刻了中外爱情诗句。在四川北路口还有个邮筒，地上画了个爱心，上面满是情侣们的涂鸦。

以前并不觉得特别，好似每天在埃菲尔铁塔旁边上班，又好似娶了林志玲回家天天面对面吃晚饭。唯独和外人介绍时，才会做如上的“大惊小怪”。

工作日，下午一点。店内无人，安静得很。脚踏进屋，往下走的楼梯，小空间被利用十足，分成上下两层。吧台服务生从厨房走出来，向其表明来意，她连忙说：“老板现在不在，你明天十二点之前来，老板会给你解释的。”广东话口音，看起来才二十岁出头，扎着马尾，前面是斜刘海儿，染成亚麻色，称得上是漂亮的。

我朝她点点头：“行，那我四处看看。”

打开菜单，我问她：“你这儿有什么特色的吗？菜单上面的介绍下吧，你最喜欢的是什么？”她眼睛发亮，说：“有一款，叫魔方咖啡，很特别的！我们是把咖啡做成冰块，再往上面倒牛奶。怎样，和别人的很不一样吧？”

她话匣子慢慢打开，告诉我，甜爱咖啡屋和甜爱路齐名，如果来到这里，就不能错过在她们的店里敲章。有两个，一个是上海旅游局的甜爱路章，还有一个是咖啡店的专用章。店长喜欢拍照，他还印了许多套甜爱路的明信片。

即便这不是她的店，可介绍时引以为豪。她介绍道：“平时来得最多的还是情侣。”

我四处走动，上楼，面前出现幅“画”：楼梯上去，面前有个格子，里面有张小圆桌，手伸过去，原来不是画，人可以爬进去，像榻榻米一样脱了鞋子半躺在地毯上。

在底楼往里走，巨大的椅子，坐着挺舒服，中间有个欧洲火炉，上面有银质的蜡烛台，说是客厅有些假，侧面看去，座位和窗户像极了欧洲的火车一等舱。女孩还不忘热心介绍：“这儿还有第三层楼，属于VIP包场，最多可以7人入座，提前预订就行。”虽然没有老板在场，但明明属于“事不关己”的服务生，可以这样自豪地介绍，老板的热情能量估计也不会少到哪里去。

为什么去咖啡馆？和喜欢的人，做一件浪漫的事，被一个热情的服务员招待。

【第二站 梦咖 】

地址：虹口区 甜爱路 137号

月末穷得叮当响，照样能耍浪漫的去处

在荷兰，你要是说去coffee shop，他人的意会往往是抽大麻。语言能描述的，并不准确，人的意识不同，得到的信息也千差万别。梦咖，能颠覆一个人对咖啡馆小清新的定义，因为这里充满了情欲的氛围，并且消费低廉，童叟无欺。

闯进去的时候，老板在打电话，一个中年大叔，四十岁出头的样子。店内火红的墙纸，一幅幅性感女神照片。挂着的灯，光是暗淡的，但依然是红色的火一般的光，堪比阿姆斯特丹红灯区。

说明来意后，我准备上楼，大叔拦住，千百万般拒绝：“上面一定要两个人才能去，情侣雅座。”

“那两个女生，或者两个男生呢？”我不依不饶地问。

“这我很开明的，同性恋也能去！我是看得多了，还能一眼就知道谁在里面扮演什么，谁会埋单。但你这样一个人的，就不行，上面都是很私密的。两个人，多一个少一个都不行。而且，你上去拍照，灯光昏暗拍不出什么。”大叔真好玩，坦诚得很。

大叔介绍，这家咖啡店是甜爱路上最早的一家，1996年开店。看菜单，饮料、咖啡、茶等在十几元搞定，而且没有最低消费，甚至可以买上一盘五元钱的花生待个一整天，大叔不介意。

大叔的家，在对面的那栋楼。被问到这些年来开一家咖啡店开心吗，他毫不犹豫地回答："当然开心。"我继续问："如果时间回到十七年前，你还会选择做这家咖啡店吗？"

"嗯，我做得很开心，压力也不大，比许多人的工作好多了。每天遇到不一样的人，我觉得有意思。白天在店里，还培养些爱好，还交了许多朋友。你看，我现在这里一楼堆了蔬菜，叫了几个朋友一起来做蔬菜大礼包呢！"

这时候，大叔的朋友一个个进来了……

为什么去咖啡店？在没有钱的时候，依然浪漫一把。或者，和大叔聊天，人生难遇热爱自己工作的人。

【第三站 凯司令 】

地址：南京西路 1001号

最适合带爸妈去的咖啡馆

有天中午，坐在公园长椅看书，身后坐了几个老人，大声谈论着上海房价，还有家里小孙女找学校的问题。这时，一个老阿姨说："你喜欢喝咖啡伐？有个地方，特别便宜，还无限喝，慢点我们一道在那里聊天好来！"男人不可置信状："真的？哪里？"阿姨回答道："宜家啊！"

虽然宜家热狗的确好吃，咖啡便宜，软饮料选择也多，尤其是小红莓汽水。可是，那一区域一来没有座位，二来虽然楼上有餐厅，可吵得很，小孩子跑来跑去闹心，更会被赶走。能带老一辈去的咖啡馆，似乎有些难找。小清新之地，不是他们的菜。

这时，刚巧路过南京西路上的凯司令西饼，老上海人都知道的品牌，它的鲜奶栗子蛋糕最为经典。

走进店里，右手边楼梯上去，二楼是港式餐厅，三楼是凯司令咖啡馆。本以为这地方小众，可放眼望去，几乎无空桌，中老年人居多。这里的服务生都是上海人，我说明来意，在收银台问一个中年妇女："这里最有特色的是什么？"

她忙着装盘，两壶茶一杯咖啡，我心里暗暗祈祷，不要是报复社会型的欧巴桑啊！更年期心情不好，一沾上就甩不掉。她开口了，好声好气的："当然是鲜奶栗子蛋糕，属于老克勒的最爱，还有么就是最近人气美食推荐过的冰糕，生意老火的。"

我没有再打搅她，只是四处转了圈。除了老一辈是朋友聚餐外，有一两桌是年轻人带着父母在这里吃下午茶的。

为什么去咖啡馆？花时间陪伴爸妈，带他们去体验慢下来的生活，享受享受。

DIFFERENT WORLD

【第四站 思维季节】

地址：南京西路1025号静安别墅67号

喜欢植物喜欢雨天的人的好去处，最不像咖啡馆的咖啡馆

发现静安别墅，纯属意外。一天中午和同事吃饭，路过了一个小区，门口，人手一杯奶茶，我们好奇，也往里走。心情堪比武陵人发现桃花源，里面简直就是另一个时空，什么都有：理发店、摄影棚、餐馆、咖啡馆……一条路走到底，外面看以为是平凡的居民楼（的确也是有居民的），但底楼几乎全是商铺。

随意朝一个过道往里走，有家不起眼的小花园。透明的雨棚下，两张桌子几把椅子。桌上的花开得灿烂，却简单，两朵，还是素白色。周围都是绿色植物，有藤蔓，有仙人球。有客人走了出来，隐约看见里面的咖啡馆模样，不然误以为是住户的私人花园。

老板娘走出来招待，一眼看起来，是个安静的文艺女青年。有些害羞，话并不多。接着，蹲在地上修剪她的植物，认真而温柔，像是对待婴儿。我问她："你的咖啡馆最有特色的是什么？"她说："最不像咖啡馆的咖啡馆吧。都是植物，因为我喜欢弄这些花花草草，看得开心，也愿意照料，屋里面也摆满了盆栽。"

我推开门，音乐悠扬，空调温度开得正正好，四周望去都是植物，窗台一盆水仙花，每张桌上都有花束，墙上有张漂亮简单的画作，依然是植物。

这家店其实开得不早，也就是2011年7月。我问她："这些个月来有没有一丝后悔？"她笑着说："弄弄花草，和朋友们聊聊天，我一直很开心。"这里来过的客人，许多都与她后来成为了好朋友。"那么，这家咖啡店带给

你最多的是什么？”她回答：“遇到一见如故的人。以前就碰到几个。”是个性情中人。

开咖啡店的人，都有自己的故事。对于这家咖啡馆的梦想，她只觉得现在这样就是了。

虽然她有时会因为客人不多而担心房租，但又不希望人太多，一旦商业化了，便失去当初的味道。一个人打拼经营，做喜欢的事情，足够。这里店与店之间的关系也很好。“昨天，旁边咖啡店的老板娘还过来聊天呢！”她微笑。快乐，就是欲望很小，做喜欢的事。

临走前我在拍照，她特别让我透过天上的挡雨棚，拍一簇绿色的植物。她介绍道：“这可是宝石花！很难得有种得那么多那么好的。楼上是一对老夫妇。”

为什么去咖啡店？闯入陌生人的花园，听老板娘的故事。

【第五站：2013】

地址：南京西路 1025号 静安别墅走到底

让陌生人成为朋友

第四站的老板娘向我推荐了一个门号的店，但，作为路痴，我搜寻无果，站在街边彷徨——我是谁？来自哪里？要到哪里去？

无意间，眼前出现一家咖啡屋，有欧洲味却又掺杂了些印度元素。没有名字，门口涂写了“2013 happy new year”。往里走，有一群人在长桌吃饭，一幅欧洲家庭聚餐的画面，只不过都是中国人。

老板娘见到我，说：“很快就好的，你在门口先看看吧！”我点点头，转身进入小花园。小花园四方形，放了彩色垫子，贴了keep calm and carry on的招贴，桌子上有烟、打火机、红酒高脚杯、半咬过的吐司……看起来刚有过一个派对，简直是欧洲生活的重现。

人群散去，我说明来意，另一个眼睛亮亮的女孩接待我，激动地说：“我们今天才第二天开门！欢迎来。”她热情地给我倒了一杯咖啡。这个眼睛明亮、扎着马尾、露出光洁额头的女孩叫Lily，另一个刚开始话不多，但沉稳友好，叫Jean。

看见我的相机，Jean说：“Lily是个摄影爱好者呢！四处背包旅行。”谈到摄影，Lily又很激动：“是啊是啊，我90年代的时候走了非洲很多地方，然后还去过七次西藏，这次冬天去了印度刚回来，就开店了。我拍了很多路上的照片，很想办一个影展呢！”

Jean告诉我，Lily之前在法国生活，嫁给一个法国人，现在外派来上海。

而Jean自己，以前在外企上班，后来辞职了。她俩是朋友，在2012年12月的时候，不约而同想开一家咖啡馆，因为平时一直在外面消费，很想有一个朋友们聚会的地方。于是，说开就开了，用二十天时间装修完毕，开张营业。

听到这儿，我啧啧赞叹："不会吧？你们就是传说中那种说做就做，辞职开咖啡店的人！"

桌上碗筷还没有收拾，全是白色的欧式经典款，但也不是便宜货，窗户用白色半透窗帘，梦幻极了。一个伦敦钟，上面还是罗马数字呢！我指着桌上的饭菜："这家店不会就你们两个吧？"她俩点点头，Lily骄傲地说："我和Jean，就像是一对夫妻，她主外我主内。我喜欢做饭，今天这一桌子都是我烧的。我会法国菜、越南菜、泰国菜……"Jean点头："是啊，我一直吃她做的饭菜！"

"不会吧！"我惊叹，看到桌子上的盘子几乎是空的，我相信了。Lily笑着说："我是个资深吃货，所以爱吃什么就学做什么。开这样的咖啡馆，既可以有个地方让许多朋友一起玩，又能交到些新朋友。"

我问Lily，怎么可以说开就开的，许多人梦想了一辈子，但从来没去做过，因为现实总有这样那样的理由阻挠啊。她回答道："出去也是要花钱的，那就开一家自己的店，社交时候，可以开开户外俱乐部的派对，沙发客聚集，分享路线，定期办沙龙、画廊、摄影展览……我们这里还有投影仪，能开小型会议。大家开心，进来就都是朋友。"

另外，她在国外的时候做过许多公益慈善项目，想着回国也要做这些。她认识很多组织，希望能作为中间纽带。牵线的事，她以前就做过一回，给贫困地区的孩子募集款项，一下子朋友间就有十几万元捐款。她们的想法很多，同时还希望可以让年轻人带父母来吃，在这样一个地方，没有正宗西餐馆的约束，也可以学习西方礼仪，更可以是个温馨的小空间，和家人交流。

昨天她们两个开张，忙得不亦乐乎，邀请的都是朋友，可结果也吸引了许多新人来，手忙脚乱到夜晚。门一关，反正是自己的，和好友们继续派对。这里附近都是商务楼，白领中午爱出去吃。今天来的这群人，就是昨天其中一个陌生人，他带了一大群朋友过来。

Lily买的都是最好的食材，因为她自己和家人朋友都在这里吃，我见到桌上的番茄沙司也是进口的，面包等东西上面还有进口商品超市的标记，她说：“我也不知道这样好的材料，会不会赔钱，以后再算啦！”我看了下菜单，西餐能这样的价格，新鲜的材料，还真是比附近餐馆便宜多了。

我好奇地问Lily，她这样爱四处背包旅行的人，一家咖啡店可是会圈住了她，因为每天都要做饭的，她能顺利适应这样的改变吗？能丢弃远方吗？她胸有成竹地回答：“能啊，我们两个人呢！而且希望到时候能找到在这里的留学生来，因为这些人想学中文，还能交朋友。”

她们两个就像之前采访到的咖啡店主人，欲望很小，容易满足，不希望自己的店生意过于火爆而商业化，选择静安别墅，看中的就是这里人情味浓。Lily的想法很多也很独特，说到了做厨娘这件事，她还想让那些老外自己下厨。这样的咖啡馆，可以是一个公共的客厅，朋友们不需要在家里招待，更不需要派对后洗碗了，她提供场地，甚至还能提供厨房。这对于许多客人来说，她相信是特别的体验，尤其是高管这类的外国人士，给同事或朋友做一道家乡菜，创意和诚意十足。

我问：“如果有什么最大特色，你希望别人怎么描述你们的咖啡馆？”Jean回答：“让陌生人成为朋友。”

被问到有什么是必点的，她们介绍，今天的是越南汤粉，要花六小时烧制，全部都是新鲜的食材，所以菜单上不是每天什么都能提供的，取决于今天买到了什么材料。但又不是大问题，这里更像是私家厨房，所以希望未来的顾客可以打电话预订。

翻翻菜单，饮料二十到三十元，咖啡机是从意大利带来的，咖啡豆是进口的，好评的沙拉是尼斯沙拉，只需要二十元。南瓜汤秒杀，今天一端上来，大家就喝完了，二十元。意大利肉酱面，三十五元。

靠着充分的热情，租下这家店，二十多天内，一切就装修完毕。Lily和Jean对未来，似乎没有特别大的压力，她们说这样很舒服，喝喝红酒，开一家自己的咖啡店。为什么没有压力？因为她们有自己的收入来源。我好奇，是什么令她们如此想做就做？除了收入来源，那一股“底气”是什么？

Lily一蹦一跳，轻盈地去厨房清理，Jean让我做了一个专访。

为什么去咖啡店？遇到一些有趣的人。

【第六站 季风书店】

地址：陕西南路地铁站

看书的咖啡店

爱书的人，都会知道，季风书店里的小咖啡屋。一条小过道，幽暗中，一盏盏桌上的复古小灯。在那里可以看书，一次拿三本，必须买一壶茶，也能选咖啡，十五到二十元。

这回带着任务，我问那总是细声细气的中年阿姨，能不能拍照，她指了指坐在最前桌的男人，说："这是我们的老板，你先问他。"这时候，那男人正在和一个中年女人聊天，女人说着自己的故事，他耐心地听，两人似乎是很多年的朋友。

他们对话期间，他被叫去听一个电话，也有一个作家经过，和他打招呼："最近一本书出版了，里面写了你啊，哈哈！"他们都叫他"严老师"，在这家书店，他就像个班主任。

他坐过来，我说明访问原因。先问了个私人问题："在这里是不是可以谈话？"因为在我看来，这里就像是图书馆。不就是吗？书店加上咖啡馆，最理想那就是安静的图书馆了。

他回答说，这没有约定，所以是一个自我选择。有的人，说话声音不注意就是很高的，但也没有办法。这里是一个供人阅读和休息谈话的地方。只要不是太大声，是可以接受的。

当问到第二个问题，关于采访对象是什么角色。他却提前问我："你知道我是谁吗？"

这个问题有意思，他告诉我，他是严搏非，季风书店的老板，但他很忙，所以我连忙问了一个问题，也是我困扰的：“在买书时，我常发现有些书，因为像是被人看了很多遍，于是就想找新的。在这里一杯十五元的咖啡，坐一天，看完几百元的书，对这样的行为，你有什么看法吗？”

起初他赶着离开，听到这问题，重回座位，一脸严肃地说：“这不是被允许的。一点也不合理，是没有道德感的，同样在书店抄书也如此。应当感到羞愧，这样做无视了书店的服务成本。”

为什么来咖啡馆？即便是季风书店里，如果你喜欢书，还是把它买回家。或者，期待已久的书，终于到手，买了后在那儿读。

【第七站 质馆咖啡】

地址：茂名南路131弄1号

真正会喝咖啡的人，装不出来

冬夜，从陕西南路地铁站出来，经国泰电影院，穿过马路，沿街有家咖啡屋，特别吸引眼球的是上面红色的广告："凭当日国泰电影票，咖啡减10元。""19元咖啡加早餐。"

门是推门，从左往右推过去，走进后，惊，这简直不是咖啡店。小小四方屋，只有一半是能让顾客进出的，沿着墙的桌子，有两个人已经显得拥挤。一问，原来这只是分店，总店在江苏路宣化路口，很大。老板在那里，是个台湾人，拥有美国精品咖啡协会认证，国内只有十几位拥有这样的资格。于2012年11月17日创办，北京也有分店。

抬头看餐牌上的咖啡，全是精品，直接用咖啡庄园的名字：来自巴拿马翡翠庄园的瑰夏树种，来自哥伦比亚的Huila Micro Lot，来自玻利维亚的Nicolas Colque，来自埃塞俄比亚的Kochere Heirloom，来自肯尼亚的吉恰萨尼圆豆，等等。最贵一杯九十元，平均五十元一杯。也有价位在三十到四十五元之间的意式咖啡，沙拉三明治和糖，以及其他饮品供应。

两个店员是年轻女孩，Frieda，中短发，二十三四岁的样子，清秀的脸，热情大方；马尾辫子女孩，看起来和Frieda应该差不多大。有趣的是，两人都不是学习咖啡专业的，Frieda以前做工程，整天画不完的图纸，来到咖啡店上班没多久，她喜欢咖啡，所以做得很开心；马尾辫子女孩则学习艺术，已经在这里上了两年班，根本没想到已经做了那么久，和Frieda一样，她只是喜欢咖啡。

我抛出了第一个会被打的问题："有人说，不喝咖啡不去咖啡馆，是因为咖啡伤胃，是这样的吗？"

她们立刻否认（要知道，这家店不是她们的，她们只是打工！所以我相信她们说的是实话），"你去看看一本书，《咖啡无罪的101条理由》。里面介绍了，好的咖啡，是对身体有用的。我以前也不懂，喝速溶。我们咖啡馆用的咖啡豆是最好的，真正全天然，抗氧化，利尿。"马尾辫子女孩解释道。

Frieda说："好的咖啡，必须纯天然。所以我们这里，基本上不加糖，只有少量咖啡允许加牛奶，添加剂是根本没有的。"似乎这也解释了这里咖啡的开价。马尾辫子女孩说："这是因为公平贸易，你看，好的咖啡远道而来，也能够提高咖啡农收入。"

也许，是因为真的喜欢咖啡，她们更向往成为咖啡师，至于开咖啡店，毕竟要其他的要求，譬如财务，譬如市场。一个好咖啡鉴定师，一闻一喝就能知道咖啡从哪里来。她们梦想成为这样的人。

当我问，那么在马路上看见别人添加了很多香精的饮料，你作为一个看中咖啡品质的人，不会鄙视吗？她们笑起来："当然不会，因为每一个人选择的方式不一样，好的东西不怕竞争。"

为什么去咖啡馆？去喝真正的咖啡，和懂咖啡的人聊天。而且这里真是一个喝咖啡的小小地方，喝完走人。爱不爱喝咖啡，在这里是装不出来的。

【第八站 Here cafe】

地址：陕西南路 39弄27号1楼

记得找我，我的好朋友

巴塞罗那有一家秘密饭店，不做任何广告，只是人和人之间口口相传：“你知道吗？有一家餐馆，饭菜可好吃了，全是私房菜，他们门口看起来，是一家洗衣服的，可是根本不接受这个服务，打开一道暗门，就是餐馆！”

而Here cafe，也绝对是这样的一家。

采访完上面的7家，我饿得半死，终于在两次迷路后，在马路边上的弄堂找到了这家咖啡馆。夜猫很多，有只白猫在黑夜里闪耀着，我蹲下身友好地逗它，只见它立刻竖起毛，弓起身子，做出一副攻击状。这时，我手无寸铁，饿坏了，赶紧闪人，这场架必输。它见我走远，放松下来，但始终盯着我。

远远地，在深处有束光。近看，没错，就是了。走进去，一个人也没有，招待生也无。过一会儿，才有个男孩走来。我打开菜单，点了份意大利面，他说没有，我又随便指了一个，他继续摇摇头，没有。他解释道：“因为新鲜食材没有，所以这里主食不是以饱肚为主。”他的坦诚令我绝望，“来这里，就是和朋友相聚喝饮料的。”

等下出去再吃快餐，采访完他再说。

说明来意，我问：“有什么推荐的？”他拿来咖啡杯子和调羹，是非常精致的雕花。他骄傲地说：“来这里，为的不是咖啡，而是一种情调。”他叫陈虎，接着告诉我，“这里的年轻人来得多，倒不是什么小资圣地。别看有的客人在那里坐得稳当，其实说得投机了，简直手舞足蹈开朗得很，很有意思。”

这家店，是他和一群伙伴合开的，他们中间只有一个上海人。2012年5月开张，现在冬天外面不开放，但到了暖和些，就更有特色了，院子里还有秋千。

为什么开这样一家咖啡屋，“其实有个自私的念头。”陈虎告诉我。因为都不是上海人，总是出去聚会，当时就在想，如果可以有这样一个地方，客人和朋友们想怎么玩就怎么玩，反正一样消费，那多好！于是他和一个女孩Tracy辞职，轮流看店，拿固定工资，其他朋友依然上班，投资这里。

我问他，是不是梦想实现后，和想象中一样开心。陈虎点头说：“是的，做这个工作比以前自在多了，中午时候起床开店，到晚上很晚，也符合自己的生物钟。为的倒也不是赚钱，没有压力，做喜欢的事情。过年的时候，还提前关门，回家陪家人。”

我好奇，他们是不是有家人资助。竟然不是，全是工作后存下的钱。一开始虽然赔本，但做了几个月，到现在慢慢好转了。在宣传上，都是人传人，朋友传朋友。陈虎说：“希望Here cafe 能成为上海最舒服最自在的地方。”

这时，一个女孩走进店里，陈虎和她交代了我的来历，离开。女孩过来继续介绍，她叫Tracy。她告诉我，陈虎业余时候还在当一个网络电台DJ。

Tracy和陈虎一样，辞职全心全意做这家咖啡店。她来到上海学习金融，毕业后在上海找到了一份财务工作，但压力大，又不喜欢，分析美国欧洲市场又是日夜颠倒。但在她父母眼里，她的生活是完美的。

可想而知，当她告诉爸妈要辞职经营咖啡店的时候，是如何地晴天霹雳。

为什么辞职？为什么开了咖啡馆？不过是因为想做就去做，一开始想法简单，几个朋友聚在一起。一定要现在去做，因为不知道几年以后有了能力，还会不会有这热情。不知道可以走多远开多久，但都无所谓了。“只希望老了以后，有一段美好的回忆。”这句话，在2013咖啡馆我也听到过。

她说自己不会后悔，“因为不管怎么样，都是自己的决定”。我问她，后来怎么说服爸妈的。但似乎没有说服，她让爸妈给她些时间尝试，毕竟咖啡馆一开始是赔钱的，需要生存后再求发展。但她又是满足现在这样的，吃穿能保证，也不期待奢侈生活。

在每周固定时间，咖啡馆成为了豆瓣影迷的聚会地，一起看电影。任何人都可以免费入场，只需要买一杯饮料。平时，也可以情侣包场。她带我去看那间小房间，日式装修，榻榻米，墙上贴了日本的招贴画，门一关，无人打扰，私密。无论是咖啡店，还是这小房间，墙上都有一个投影仪。

他们这群朋友，喜欢看电影，才想出的这个点子来。片子也都是自己选的，是一些电影院没有放映的好片，有时候还会放经典的怀旧电影。如果网友有喜欢的，也可以自己带来。真的是，你是什么性格，喜欢什么，就能开出怎样的咖啡店！

我问：“在你们咖啡店有过什么故事吗？”

她告诉了我几个：有过一次很轰动的求婚，一个很有心的男孩，在女朋友生日那天，特地搬了一架白色钢琴到院子，他弹奏，可浪漫了。烛光晚餐、看电影、时空信、烟花……

也有过一次，是几个女孩子，因为生日接近，所以一起过生日，做了一个视频，回忆过去的日子，这样的友谊让人感动。还不只年轻人，有个生了双胞胎的妈妈，和他们是好友，于是孩子的生日派对在咖啡店举办。双胞胎因为在两个班级上学，所以各自带了同学来，一群小孩，算得上是最热闹的一天。

“做咖啡馆，和打工思想是不一样的，因为以前是服务态度，但到了现在，却把这里当家，非常享受，有感情。”这附近的楼房，都有一百多年历史，Tracy向我介绍。我和她说了门口白猫的事，她告诉我，这里的小猫没有做节育手术，老人家却也善良，总是喂养，这里的老人人情味很重，他们很多是从小一起长大的。

我问她，能不能想象十年后，这家咖啡店的样子。她说，希望可以开下去，可是外界总有这样那样的不确定因素，最好可以买下这里。因为在之前半年，他们就是不得不搬来的，原先的南汇路商铺，房东没让他们续租。毕竟，谁也不能保证明年会不会又有改变，房东可能把房子租给别人，提升租金……

为什么去咖啡馆？在故事面前，这个问题，却又让我迷糊了。

稿子写完，回家。一家咖啡馆，一个故事。

这次的咖啡馆之旅，即使收集到再多的理由去咖啡馆，老实说，将来99.9999999……%可能性，我依然不是个coffee person，依然不常去咖啡馆。但，那又如何呢？世界之大，各有所好，了解已经足够难得。

02 第二章

I want to be different from the world

时光会记得，路上的孤独与温暖

那些地上的星光

夜航南飞

世界上最遥远的两层楼

这杯咖啡的温度刚刚好

那些地上的星光

晚安，好梦，那些地上的星光依然亮着，往家乡的方向。

欧洲的夜晚极其冷清，特别是冬天，如果四周围没有夜店或酒吧，必定是无人的死寂。

那时会特别怀念的，莫过于国内的地摊和夜排档。躺在异国的床，头靠着不属于自己的枕头，举头望明月，低头一闭眼，仿佛就能见到家门口那热闹的夜晚街市，蒙上层温暖的光晕。这光，是路灯洒下的金黄色，是马路中间偶尔快速移动的白色车灯，更是每个地摊和排档那儿挂着的一盏盏亮灯。

往往，那亮灯并不耀眼，瓦数极低，只能照亮它底下色彩斑斓的发卡，层层叠叠的手机卡套，一长排整齐挂在架子上的女孩衣裙，或是一根根木签串好在塑料篮子里等待被食客选中去烧烤的食物。

想起白日在某百货公司见到的漂亮发卡，精致地放在小盒中，翻看背后价格令人却步，将欧元换作人民币也会嫌贵。在床上做起白日梦，如果这一刻可以有扇任意门，打开后回到家门口那条夜市，在地摊上对着满眼的小物品挑选，一个款式看中了三个颜色，怎么选却觉得都舍不得放弃，干脆全买了，老板还能给个优惠。

又或者，心情不好的夜晚，在欧洲只得与三两好友去酒吧捧着啤酒瓶，在迪斯科震耳的音乐中无法聊天，为了聊天不得不去吸烟室吞二手烟。但若是在家，彻夜不归总有去处，夜市让你吃饱喝足，也让你重燃起对生活的热爱。

感觉寂寞想找人说话？更没问题，选一样看中的东西，和摊主讨价还价："便宜点啊，以后我带朋友来，我朋友买东西可大方了！""哎呀，这样吧，每个人各让一步，你少收五块钱，我原价格多加五块钱。"对方还不同意，最后使出杀手锏：留一个华丽背影，"我只能出这个价格了，不行就算了。"记得，走的时候步子小一点，让他可以看着你的背影不断琢磨。不出三秒，你就能听到背后有人喊："哎呀，回来吧，卖给你！"

大学有一年回国，那时虹口足球场前的地摊热闹非凡，什么都能买到，从鼠标垫到衣服，从手机挂链到小板凳。有个夏天夜晚我也跑去凑热闹，吃了晚饭，拎起大包跑去那里，爸爸笑说："跑单帮像模像样的嘛！"我没灯，就在路灯下占了个位置，地上铺一块布头，放自己收藏的小玩意儿，手里拎着要卖的花裙。

有人围过来的时候，激动非常。对方砍价，咬牙让她占去便宜，心想毕竟也是我喜欢的东西，真是好眼光！一晚上下来，所有东西全卖光了，就差身上穿的长裙，有个女孩买了两条花裙，还指了指我身上那条："这条也可以卖我吗？"可惜不能裸奔回家，不然一定给了她。数着钱，除了"赚大钱”的成就感，还有一丝“典当私人财产套现”的趣味。

在欧洲死寂的冬日夜晚，一个人早早换上睡衣躺在床上，闭上眼，为了这一个温暖的画面：坐在大排档，点上一盘炒面，看着炒锅里翻滚的面条和肉片，偶尔翻出几根绿色的青菜，火苗蹿起，师傅熟练地浇上酱油撒上盐，快手转盘下一刻就递到眼前。他说，你又来啦！免费多给了一碗热气腾腾的骨头汤。这时，旁边来了一辆摩托车，卖的是汽车音乐，车旁挂着两只音箱，整个街道响起了小野丽莎慵懒的歌声。心满意足地吃饱了，嘴唇也有层油亮亮的幸福。散步时间到，觉得高跟鞋走得太累了，买一双后跟是UGG的雪地靴，格外温暖。刘海儿长了有些刺眼，终于决定尝试中分，一对漂亮发夹就会是全部动力。挂着的一整箱任意选，买到五对老板娘说要送两对，竟有富足的感觉。见到大红色的围巾，管它是不是纯棉的，在脖子上反正温暖，重点在漂亮，再配一把隔壁地摊的大红色长柄伞，就可以去日剧里当女主角了。回到家，发现钱包里的零钱全用光，换成手上大大小小鼓起的塑料袋，生活真美好，明天就算有讨厌的课、不想开的会，但一觉醒来可以用新靴子新发卡新围巾，谁说不期待呢！

晚安，好梦，那些地上的星光依然亮着，往家乡的方向。

夜航南飞

你见过沙漠，就会对一切离别淡然。

有些感情离去的时候，你恨不得放烟花庆祝。

“她总在埋怨我专心工作，不能陪她。”动画制作是个易猝死的行业，毅然为了梦想奋斗的Z痛苦地说。

他刚大学毕业一年，进入这个行业却发现身边的人大半到了三十岁依旧单身。早起晚归，收入刚够果腹，到了周末只愿在家休憩。为此，女友经常碎碎念，怎么没时间陪她。

终于，她离开了他。

“她一离开，我就赶紧出去吃饭庆祝。”他笑着说，掩饰不住的兴奋感。

以前常听别人说“坚持到底就是胜利”，总也认为是真理，那时候，我相信不会有移不走的山、动不了的情。可人长大后，心也铁起来，不知是更无情还是趋于认同道家：跟随心走，总能做出最好的决定。若心说放弃，那就换条路走，区别不过是会见到不一样的风景而已。工作如此，感情亦是如此。

她要的，是青春岁月最美时候的样子都给你。她没错。

你要的，是为了梦想开花，现在沉默积累。你没错。

两个人并不需要总手牵手在一起，你们的心遥远，即便紧紧拥抱也不过是有缝隙的两个个体。陪伴未必意味着相爱，因为缺乏了解注定是爱情的致命伤。

有一天，你们在自己的路上越走越远，再次遇见，终于释然，“当初离开你，是最好的决定”。你不爱那个人，“离开”意味着解脱和自由；你爱那个人，“离开”意味着远远祝福。情深意切藏在最深处，像是《双城记》里沉默的西德尼，义无反顾为了喜欢的人走上断头台。

我想，你也会爱上往南飞的旅程。那天从巴塞罗那一路飞往加纳利，大西洋蓝得深邃，阳光明媚，细沙因为海风缭绕小腿，周围是交谈的欧洲游客，中东人的饭店大门敞开，不时有身裹彩布的非洲妇女兜售披巾，沙漠连着大海，一望无际。在那里，任何的决定都不需要言语修饰，它们谦卑而深沉。

《夜航西飞》里，最喜欢这段话：“我学会了如果你必须离开一个地方，一个你曾经住过、爱过，深埋着你所有过往的地方，无论以何种方式离开，都不要慢慢离开，要尽你所能决绝地离开，永远不要回头，也永远不要相信过去的时光才是更好的，因为它们已经消亡。”

你见过沙漠，就会对一切离别淡然。

DIFFERENT WORLD

我爱机场四线

那些能轻易抵达机场的城市，必定是年轻的、不安的。

这里的人们随时都想走，走之后，却又随时都惦记着回家。

1.

留学时候，夏天的开始，意味着回家。一整夜的航班回到上海，我拖着庞大的黑色行李箱，抵达大厅，爸妈在门口等待。

而夏天的尾巴，意味着离别，胸口闷着难受。过去的时间里，我和爸妈吵过，出门玩过，无聊囔过，美食吃过。爸爸开着车，开过了红色的杨浦大桥、混浊的黄浦江、雾中的东方明珠，这一切若是在晨曦中，显得尤其残酷。终究要在离境处挥手，一块白板，幸好转身连背影也看不到。

这段路程，经过长期的巴甫洛夫式训练，每走一次，便加深哀伤之情：归期未有期，孤独一人，生死两茫茫。

幸好，现在无论出差或是采访，不再那么揪心，有了机场四线，来去自由，过红色的杨浦大桥，看见那呼啸而过的栏杆，方能理智对待。

2.

逐渐养成习惯，若从上海离开，一定首选浦东机场。为什么？虹桥虽近，却不能乘坐最爱的机场四线！

虹口公园门口，是机场四线终点站，总能找到座位。机场巴士中途会停站，常常后来上车的人要一路站去浦东。

最享受机场四线的，在于坐上第一排靠窗的位子后，有时候倒头听着音乐沉沉睡去，有时候看着窗外的风景发呆，也有时候听司机和售票员聊天，开车的往往是中年男子，而卖票的则是中年女人，上海籍。

六点十二分，我坐上了第一班车。

若是冬天，乘坐六点的车，整个上海还睡着，一路上能看到天一点点变亮，这座城市逐渐苏醒的模样。入夏后，“四点多天就亮起来，到了六点钟，简直就是大白天。”这话，正是此刻司机在念叨的。

他继续用上海话说：“看来，今天车子又要堵了，礼拜一车子就是比周末高架上多。”接着，他又说，“我双休日送女儿参加作文比赛，碰到伊了！伊同儿子一道，但伊名字在嘴巴，却一下子不记得了！也不好意思叫伊鸡毛菜，我们私底下随便叫叫就算了。”

车行驶在路上，售票员和司机唠起闲话，司机继续说道：“真是尴尬，好不容易，孩子送进了考场。终于记起来，对方已经消失在门口等待的家长人群中，找也找不到。”

接着，他颇具哲理地感慨：“人和人果然是有缘分的，会不约而同碰到，要故意找，费尽心思却又找不到。”售票员点点头，拿起一只褪了色的保温杯，晃了晃，抿了口茶，应和道：“是的呀是的呀！”

这些司机脑袋很机灵，往往还是老司机。我坐过一次下班高峰的车，上海堵成了车海，司机知道穿小道，见机行事。到了五角场这儿，交通灯还坏了，警察没来，路面情况一塌糊涂，和烧煳了的面条一样。司机看准时机，终于开出了一条道来，后面一辆小车子紧紧跟着，他吐了句脏话，对卖票女人说：“你看这个小赤佬，门槛可真是精。要是他不跟着，今天就堵在这里，有得好等了！”

但若仔细观察，你会发现往往听不到阿姨谈论实质内容，可能是为了安全，也可能只是工作而已。

司机有时候说脏话，她也不骂，跟着应声，“是的呀是的呀！”

女人不会开车，但知道路况，每天穿梭在上海，来来回回，看一样的风景。有时候瞄到旁边出了车祸，就透过窗户看着，嘴里念叨：“啾哟！闯祸了！”

不过，别小瞧这些卖票阿姨，她们倒也是有绝活的。她们往往能够第一次买票后，下一轮，再一轮，当一大群新客人入座，她看脸，能依然记起来谁付过钱、谁是新人。从来不失手！

3.

坐机场四线，还有个好处，就是可以吃到年糕团当早点。

车站对面是虹口区卖年糕团有名的小店，白天排队很长。店里常年有两个阿姨，一个在旁边帮忙收钱，另一个早早就到了揉面。到了六点，就可以看见有三五个人在排队。

年糕团一定要吃刚做好的，入口才软，奶香十足。还可以看见阿姨一双柔软的手，熟练地将年糕团掰开，平均得很，摊开，放一根油条，折叠。要甜，就在上面撒上芝麻粉；要咸，就是加上咸菜。

如果为了买年糕团错过了车，眼睁睁看着车开走了，别担心，一班班多得很，可以在麦当劳或者Costa坐坐。兴致高胆子大的，行李放到车子上，跑去虹口公园走一圈，哪怕儿童乐园也好。这时候，鸟语花香，老人晨练，世界温柔。

当然，除了机场四线上有趣的司机和卖票阿姨外，最重要的，还有机场四线渲染的那一股自由气息。

我曾这样想，若有天没钱出门，那就花上十几块钱，坐上机场大巴，感受一下别人即将起飞前的心情也好。就好像麦太曾带着麦兜去机场转了一圈，去体验一把“即将飞往马尔代夫”的幸福。

有一次我在机场四线上遇到一对小情侣，正捧着泰语速成书学习，说来说去，两人笑作一团，还是“萨瓦蒂卡”（你好）最熟练。

还有次，我遇到一群女孩要去韩国。穿得干干净净，发型复杂却也梳得一丝不苟，一个女孩紧张地拿出小纸条：“钱换了吗？”另一个女孩从包里取出一个信封，里面整整齐齐放了已经兑换好的钱。她又问：“转换插头带了吗？”身后的女孩点点头，拿出插头来向她确认。

有这样的姑娘当旅伴，让人放心，不让意外发生。不过，就算有意外，也是可以依靠的。

旅行不仅是年轻人的特权，拖家带口的也有。一个小孩活蹦乱跳地上了车，一边往车里面走，一边呼喊：“噢！我要坐飞机啰！”

老爷爷看着他们坐到了座位，于是下车，刚想走，又跑上来，说：“泰国估计蛮热的，你们外套给我好了！”收到三件衣服后，老人舍不得地看了孙女一眼，终于走了。

4.

我倒也想起，在欧洲我也是极其热爱乘坐大巴的。

那时，经常从海牙坐深夜大巴前去巴黎，也曾坐过二十四小时前去北欧。Euroline，出门好伙伴。

不过我更喜欢的，还是去汽车站逛一圈。在售票处看着价位牌子，跑到候车厅，看着每一辆车，上面写着，布拉格、罗马、哥本哈根、雅典……似乎，想去哪儿，这些奇妙的车就能带我去哪儿。

相比究竟去哪里，令人上瘾的，是能够有无穷的选择。在任何时候，随着一种心情，即刻订票出发，于是就能抵达。和目的地无关，自由，在于选择的权利。

有过一次乌龙，不记得到底是什么时候。瞥了一眼车票，就去学校办事，一出门，看车票，傻眼了，前一分钟，错过了班车，原来把下午5点和15点搞混。跑去，车已开走，又想着赶火车，到比利时的汽车站赶上，但也赶不及买票。

回国了，长途大巴也令我激动。从温州回上海的大巴，睡一觉就到了。从深圳一晚上去越南边境，同样睡一觉就抵达，还提前了三小时！

后来收到一份礼物，猫巴士！在《龙猫》电影里，猫巴士可以爬上电线杆，纵身飞起来，可以一秒内去世界任何地方。相比龙猫圆鼓鼓软绵绵的肚子，猫巴士更实用呢！

在那么多的交通工具中，还是最喜欢大巴。

乘大巴往往意味着沉默的旅行，一人一个座位，不似火车般易于滋生聊天冲动。靠着窗，看风景，不会给自己任何机会看书或写东西，因为在车上头晕。

越是漫长的巴士旅途，越能够长时间好好休息，听歌发呆，或者认真想一遍那些破事，将它们想得清清楚楚。

当然，一定不能有人脱鞋！不然可煎熬了，整车的咸鱼味，绝对是心里的阴影！

5.

每座城市都有自己的机场大巴。伦敦有，巴塞罗那有，广州有，北京有。不过，荷兰没有，因为它的火车线路太发达，更普及，到了史基普火车站，出来，下面是火车站，坐上电梯，上面就是著名的史基普机场。

另一个我去过没有机场大巴的地方是爱尔兰。可怕的倒车经历，扛着三箱行李换乘。

也正是在爱尔兰，我怀念起了“城市生活”。似乎，大城市都是有非常发达的“逃离系统”的，那些机场大巴则是猫巴士。

那些能轻易抵达机场的城市，必定是年轻的、不安的。

这里的人们随时都想走，走之后，却又随时都惦记着回家。

成全了我的碧海蓝天

真正的放下，是早已忘记要做这件事，只是全身投入一段新的感情，或者独自一人的新生活。

十二岁那年开始，迷恋上了收音机。

并不是外公那种随手一拎的小四方半导体，也不是父亲年轻时学习英文用的巨大磁带广播机，而是时尚小店里十块钱一个，颜色各异的正方形小“盒子”。上面一般只有两个调频键，旁边则是开关按钮，和调音转钮。

有一阵子，电台总在播放一首歌，女孩呢喃似的唱：“秋天别来，秋天别来，我还没忘了你。”

每天晚饭后看天气预报，我知道了有一个叫泰国的地方，当二月全国都在冰天雪地时，那儿却依旧火热，是个永远夏天的神奇国度。于是，我想好心告诉那个姑娘：去泰国吧，你就不用哀怨地唱了，因为秋天永远不会来！

年岁渐长，这种小收音机停产了，于是电台只是偶然乘坐出租车时一听。流行歌曲红完一首又迅速砸来新的，榜单以每周的速度在刷新，奇怪的是，会像是重遇老友般感怀地听那呢喃的“秋天别来”。

窗外街景不断变化，心中的泰国却越来越清晰。

快到十月，夏天渐渐到了尾声，如果还有悲伤那就飞往曼谷，坐最慢的火车去清迈。清晨时刻起个大早，不染不烫的乌发扎成麻花辫子，穿着花裙子赤脚在无人海滩上行走。然后租一辆电动车在大街上驰骋，饿了就热带水果下肚，太热了洗把澡换一身棉布质地素色连衣裙。阳光刺眼的下午，跑到庙宇里赤脚打坐，神仙不理我，那就只是问候自己，和那颗从未安静独处的心对话。夕阳西下，去学泰语，热情地和街边人打招呼，咧开嘴笑容甜美。

不想要秋天的时候，最理想的方式就是这样吧！

世界那么大，只有在旅途中人才会忘记自身的存在；生活里，我们常误以为自己就是整个宇宙，经不得离别，放不开手。真正的放下，是早已忘记要做这件事，只是全身投入一段新的感情，或者独自一人的新生活。总是悲伤感怀，一切只会度秒如年，伤痛格外清醒。

在呢喃女孩经历了更多的秋天后，有首歌叫《成全》，也开始在电台不断被播放。明快的节奏，爽朗的女声，比起“秋天别来”理不清的内心纠缠，有了太多的力量与干脆。

听着它，我依然会想到泰国，想到那一段在遗忘自己中重新又找回本真的路途。那个早已离开你生活的人，让你终于懂了，天长地久的只是回忆，真正的幸福只有你的心能够带给你，而放开手，才能够拥有一片碧海蓝天。禅师说，从迷茫到释怀的领悟，那在过往与将来之间的停顿，就是禅。

远走他乡，或者就地重来。

在决定之前，我只有一句“不后悔的成全”。

I WANT TO BE

DIFFERENT

FROM THE WORLD

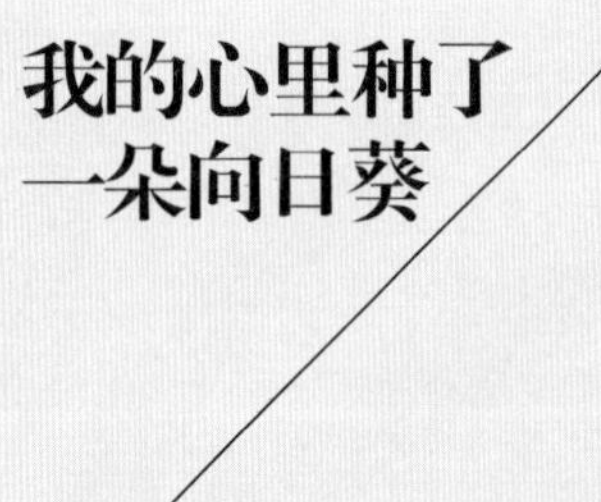

我的心里种了一朵向日葵

噢！世界，在我还没有能力看懂你改变你之前，请允许我的心中种上一朵向日葵。无论是晴天雨天，它总是笑得最灿烂的那个。

我见到的叙利亚，和新闻里是两个模样。

在与土耳其接壤的小城镇，当地只有一家旅社，隐匿在最热闹的街区。这里令人第一眼就爱上，不是宾馆千篇一律白墙白床单“睡觉的地方”，也不是青年旅社设施简易的“集体宿舍”。它没有任何现代化的设备，意味着屋内除了电插头与灯，其他一切电子设备都无。中东花式地毯铺在地上，墙只是粗略地涂了涂，挂上大花纹的粗布，一张床在正中间，因为当地没有冬天，十一月都有三十摄氏度，夏天最热可以到五十多摄氏度！所以住客盖的是民族花式的毯子，一切都是绚烂彩色的。

后来才知，房东自己也住其中一间屋子，来这儿的游客太少，平日里他常以此招待亲戚，所以房间是按照当地人“家”的样子布置的。

行李一丢，我急吼吼跑出门，情绪激昂。其实早在飞机盘旋下降时已然心脏狂跳，放眼望去，只见得茫茫一片红土山脉，荒无人烟，也无树木。

隔壁是一所小学，刚巧放学。我走出拐角，听见后头有接连不断的“Hello！”转过身，一大群大眼睛头发卷曲的孩子，正簇拥在一起，跟在身后好奇地看着我，于是我也高喊“Hello！”他们都咯咯傻笑起来，胆子大的几个男孩子喊着“Chinese！”

在夜市里，正坐在马路边剥免费洋葱等烧烤时，不断有散步的当地人看着我笑，还招手示意，也有几个大学生模样的人跑来桌子这边，用简单的英文聊天：“你真的是中国人吗？”“你会说中国话吗？”“你怎么来这里的？”吃完了饭，突然一个中年模样的男人过来，热情地说了一大堆话，最后还托付：“我喜欢成龙！你可以帮我告诉他吗？”

十一点多临近半夜，马路上即便店铺关门，大排档依然在路灯下传来阵阵烤肉香味。我吃着口感奇怪令人上瘾的羊奶冰激凌，走进一家杂货店。我正挑选着茶具，思量要带哪一套回去，或者因为货币换算过来实在太便宜，所以想干脆多买几套时，突然身后有人拍拍我肩膀。回头一看，是一个当地小姑娘，浓眉大眼，二十出头的模样，头上包着丝巾。她说了几句我听不懂的话，然后指了指照相机，原来是想合照。当我们两个拍完，下一幕便是店里的顾客们纷纷围过来，也想拍照。后来，拿着枪巡逻的警察，竟然也想合照，我夹在中间，心想着照片上看起来应该是“要被关起来”。可事后看照片，两个警察一脸令人融化了的和善。在这里，难得见到的游客就像明星一样！

那是两年前的事了，如今新闻里的叙利亚，一幅幅儿童被屠杀的血腥画面，马路上此起彼伏的爆炸。我常会困惑起来，那些死亡来自谁？

唉！有时我会对这个世界很失望很困惑。它的陌生和复杂令我绝望。小时候我总可以轻易找出好人和坏人，现在却看不懂了。当我想理出清晰的思路，翻着书本和杂志，却在一堆指手画脚的“专家阴谋”里更迷糊。一如写作的路，常被人骂：“活得现实点，不要老写得那么积极温暖！”看一看网络分享，如今最受欢迎的文章，常是挖苦讽刺，或者借自我贬低表达对社会的愤恨。

可是，我不想变成只知抱怨的人。当失落灰心时，我不写文章，因为我很忙，忙着去找解决方法，改变不了世界，但我能从自己出发，换一个方式到达目的地。逐渐奏效时，才写下来。也因为我是个自私的作者，只写给自己看，为了下一次遇到相似的黑暗心情时，去记得此刻巴不得拥抱亲吻每个人大喊“活着真美好”的快乐。

噢！世界，在我还没有能力看懂你改变你之前，请允许我的心中种上一朵向日葵。无论是晴天雨天，它总是笑得最灿烂的那个。

说我傻也好，说我井底之蛙也好，至少我不会长大后成为我讨厌的大人。

D I F F E R E N T   W O R L D

世界上最遥远的两层楼

离开的人始终可以过新的生活，留下的人，竟然会感到无路可走。

机场的一楼和二楼，是世界上最遥远的两层楼。

一楼欢快奔腾，是新生活的开始。
二楼哽咽压抑，是旧生活的离别。

这些年来，常常飞来飞去，有时候一个月可以飞个八九次。每当飞抵一个地方，取了行李走出抵达厅的时候，都会心潮澎湃。迎面而来的，总会是一张张期盼的脸，或是纸上书写的人名，气氛是欢快热烈的。谁不喜欢回家？谁不喜欢旅行到一个全新的国度呢？

独身漂泊的我到了抵达厅也仍然会很向往地四处张望，似乎希望在这个陌生地方仍然有人来接待，即便明知道地不熟人又生的。

在荷兰读书的时候，飞回史基普机场，都会看见荷兰人举着“欢迎回家”的牌子，或是一家人拉开了一张巨大的海报，画着回归者的名字和模样。人一走出来，大家激动地尖叫和拥抱。看到别人的团聚，自己一个人推着行李默默路过，也会不由自主地感动一番。

每次回到上海，通常是清晨六点。推着两箱子行李，远远地，就看见笑意盎然的父母，即使有倒时差，心底里也一阵振奋，暖洋洋的。父亲总是笑呵呵地说：“回来啦！”母亲在一旁也拍拍我，不是说我瘦了就是说头发那么长一年又没剪，今天晚上等下去楼下的小理发店洗洗剪剪。随后，父亲开车，我坐一旁叽叽喳喳说着一年来的有趣事情，我们去永和豆浆吃顿长久以来魂牵梦系的豆浆油条。

可是在机场二楼，所有的心情和故事都是相反的。

一排排行李寄存口，许多人大包小包，没有了一楼活蹦乱跳的欢快，气氛是哽咽的，这里写满了离别。父亲母亲会特意花时间陪我，去王家沙吃临别前最后一顿最爱的小馄饨，去城隍庙排长队吃一笼小笼包。父亲总会开车送机，一路却是沉默的，车子开过南浦大桥，深知离别就在眼前了。

我从来都是离开的那个，只是被送到离境口才会有些不舍。走进去，一路通过安检，在候机厅就立刻好了起来。我本来以为离别其实很轻松，直到有次，我终于成为被留下的那个人。

好友从抵达处薄薄的自动玻璃门出来，一眼就看见彼此，又是亲吻又是拥抱。而后几天的快乐时光飞逝，回到了这个最初的起点，一样的机场，却是二楼的离境处。安检门明明很近，可是却再也不能彼此拥抱，背影越来越小，最后，只看见好友远远地招了招手，一个转身就消失了。心底里，有股隐隐的痛。

一个人重新走刚刚两个人走过的路，居然会很寂寞。本以为习惯了离别，哪知道作为一个离开的人其实根本没资格说轻松，从未想过原来父母会如此寂寞。开着车，突然旁边坐的人已经飞向了远方，回到家，那间小房间却冷清不再有打电脑的背影。离开的人始终可以过新生活，留下的人，竟然会感到无路可走。

突然想起，九月巴塞罗那仍然炎热，从寒冷的荷兰飞向那里，一抵达，居然一群朋友大叫着在抵达厅，欢迎着我又来到那里生活。每个人亲吻拥抱，那时候的我多开心，想着新的生活的开始。

而三个礼拜前，我又来到了巴塞罗那机场。突然意识到，巴塞罗那机场是有一股罐头棉花糖味道的，跨入机场便扑鼻而来，就会想起昔日一幕幕的抵达和分别。但这回又是那恶魔一般的二楼。哭着说再见，一路通过了安检，坐在候机厅里却又立刻充满了新的希望。

反正，就如同人的新陈代谢一样，有告别，才有开始。没什么难过的，从二楼出发，一定会在一楼抵达。

送客请止步

最深的爱，是这样的吧。不让你看到我的悲伤，反而硬是推你走。

八月中了，很快各大机场就要上演年度家庭大戏：伤别离。

一个朋友告诉我："爸妈每次到机场送我，我们三个就特别难受，都哭得舍不得分开。"我瞪大了眼睛："你这是开玩笑吧？全家都那么琼瑶！"周围的几个朋友点点头认真地说："那是真的，我们的爸妈也哭过。"

后来我才理解，不是所有父母都如我爸妈那般坚强（被摧残出来的）。

有一回，和一个男生朋友回他的家乡玩。临走时，他父母送的飞机。一路上他母亲一直在念叨："以后开车要小心。""你多穿透气的衣服。""回去赶紧理发，都长得刺眼了。"朋友是接近一米九的大男子汉，学生时代是个呼风唤雨的高级干部，工作后也是单位里有决策话语权的大佬，居然此刻在母亲面前还像个小孩。

我在一旁听得暗爽，原来不止我一人在爸妈面前还像个生活无法自理的巨型婴儿，再人高马大的男生也是。

朋友觉得有些丢脸，低低抱怨了句："好了好了，我知道了，不用一遍遍说。"

他母亲这时候不假思索地跟上一句话来："谁叫你是我儿子，没办法啊！别人我才不会这样说，也懒得说。"听得我亲切，简直就是拷贝我妈。

到了机场，他父亲停好了车。朋友背上登山包，母亲走到他身后，踮起脚尖，伸出手帮他把领子抚平。

这时，他父亲突然说："就不送了吧，我留下来看着车子，怕被人划。"边说着，边偷偷用力看着儿子，好似要记住什么，又好似在悄悄进行一场内心仪式。

女人不耐烦地说："别管了，划就划，送儿子要紧。"

一直到了排着长队的安检口，为了让他们一家人无顾忌地说话，不用特意招呼我，我就排在前面假装忙着打电话。偶然间，听到后面的他们一家仍然说着琐碎的小事，还有朋友时不时的小反抗和他母亲可爱的"没办法啊"。

快轮到我们了，朋友让父母回去，但我回头，发现两人依然在那儿站着，目光直直地看着儿子。直到安检结束，朋友回过头向父母招招手，他俩也才摆摆手，转过身一点点消失在人群里。

我想和这个世界
不一样

I want to be
different
from the world

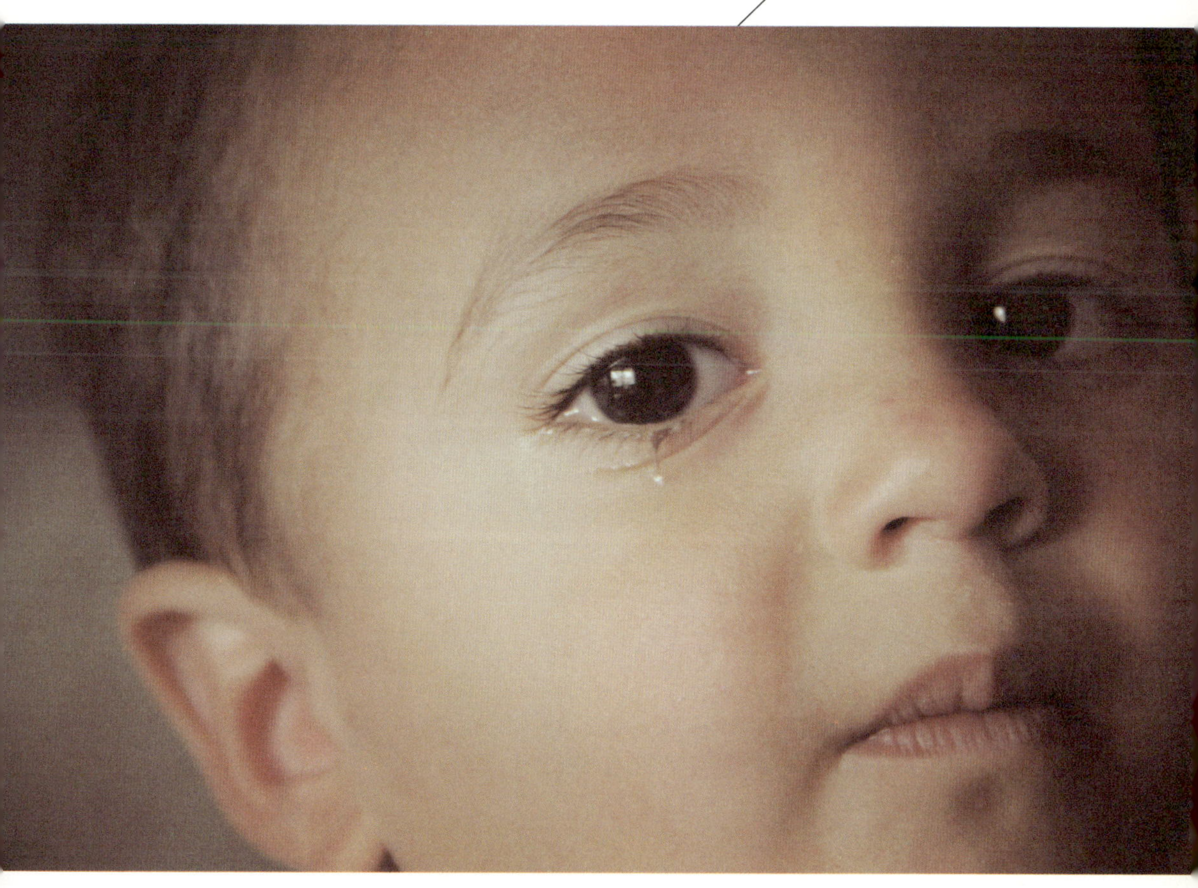

D I F F E R E N T W O R L D

看着父母的背影，朋友惆怅地叹了口气。

这一切，以另一个人角度看的时候，却也不轻松。

我父母没有因为我离开而哭过，自己倒是哭过鼻子，不是因为和他们分别，而是“自私”地恐慌于未知的未来。

每次到了“送客请止步”的地方，我总是让他们两个先走，目送他们的背影渐渐消失，偶尔由衷感慨一句：爸妈越来越有老人样子了，头发白了，步子也慢了，该多多运动啊。

有时候久一点的分别礼，也没有西班牙式的拥抱亲吻，只是母亲习惯性唠叨几句“好好吃饭”“多穿点别着凉”，父亲一语不发慈祥地看着我笑，我嘴里念叨着“晓得了晓得了，你们也记得好好吃饭好好照顾自己”，然后自己头也不回地潇洒离开，如亦舒文字里面的那些女主角一般决绝。

前些天飞去北京出差，安检口排队时候，前面有个女人穿得俗气，头发很油，马尾胡乱一扎，就站在队伍外面，一副凶狠样子，对着里面大喊家乡话，周围人都纷纷投去了鄙夷的眼神。

我好奇，伸出头往安检处望去，正有个穿得差不多风格的中年男人，头发凌乱，掏口袋抓出一大把硬币来。工作人员要检查包，他手忙脚乱，里面破塑料袋包着的搪瓷碗“咣当”一声落地上，后面的人全都听到了。

女人继续很凶地喊着，我还是没听懂她喊的是什么意思。只见男人回过头，傻笑了一下，做手势说：“没事。”

那男人终于过关，队伍往前一挪，女人离我更近了。

她不再喊，只是死死盯着前方，眼睛闪闪发亮。我再仔细一看，竟是泪水。

最深的爱，是这样的吧。不让你看到我的悲伤，反而硬是推你走。

多少家人哭成泪人，那一道写着“送客请止步”的门像是生死关口一样，谁又不是“其实不想走，其实我想留”呢？

对着送别的人，摆摆手让他们先走，自己也丝毫不拖沓转身潇洒离开，双方演一出不掉泪的好戏。

各自为彼此好好活着，下次楼下抵达大厅见面，完美谢幕。

这杯咖啡的温度刚好

必须有一家咖啡店，这里播放安静的音乐，只允许咖啡机温奶时低低的轰鸣声，能和朋友们亲切地说“老地方见”。

咖啡馆，而且还是“台北咖啡馆”，想必我那位犀利的闺密听到一定会腹黑起来：假！闲得无聊！傻子才花几十块钱买杯咖啡……

如果说旅行的意义在于体验你所不曾体验过的事，那么，所有腹黑毒舌之人，来到台北的必做事之一，就是在任意的窄巷找家咖啡馆坐下。

为什么？先说个故事，有一天，龙应台逛了整个下午的书店。香港很热，她提着大袋的书不想回家，就四处寻找干净又安静的咖啡馆。她一条街一条街地寻找，以为和台北一样，可是最终失望地发现：这里只有油腻拥挤的茶餐厅，以及千店一面的星巴克。

于是，她无比想念台北：“如果是台北，这样的地方太多了。钻进一个宁静的角落，在咖啡香气的缭绕里，也许还有一点舒适的音乐，你可以把整袋的新书翻完。”

去大百货公司血拼，在机场商店买旅行纪念品，这些都不算来过真正的台北。除了便宜且美味的夜市，街角潮店，二十四小时不打烊随时能撞见明星的诚品书店，为了证明你曾到过这里，你还得要找家窄巷的咖啡馆坐下。

不为了到此一游的拍照，不为了遇见龙应台或彭于晏，只是，去喝一杯咖啡。

从台北回来，朋友们纷纷感觉被坑爹："摩天大楼还没有上海多，街道窄得几条拼起来才抵得上北京的一条马路，一家店挤着另一家店，简直就是乡下！"

他们真是领悟了台北的魅力所在，这里的独一无二，就在于生活在这片土地上温情的人。在那里读书的大陆生做过一个试验，她站在路边摆出一副"我是谁我从哪里来我要去哪里"的迷茫表情，立刻就有人上前主动问询是否需要帮助。

这份温情，和窄巷、接近地面的楼房有关，更和这里的咖啡店文化紧紧相扣。只有亲自坐在台北的咖啡店，你才会顿悟：这里咖啡馆卖的其实不是咖啡，它更像一个温馨的客厅，每家店都有它的独特气味和摆设，甚至有一个主题色彩。

"来喝咖啡的人彼此面熟，老板的绰号人人知道。如果因缘际会，来这里的人多半是创作者——作家、导演、学者、反对运动家……咖啡馆就是这个城市的文化舞台。"龙应台写道。

你不会在音乐震耳群魔乱舞的KTV和迪斯科舞厅里，对着满口酒气的朋友耳朵大声倾诉婚姻的不幸。

必须有一家咖啡店，这里播放安静的音乐，只允许咖啡机温奶时低低的轰鸣声，能和朋友们亲切地说“老地方见”。

台北的咖啡馆也是一个好老师。学校忘记教一门功课：怎么交朋友。以至于活到现在，遇到的人不少，萍水相逢却能深谈的也很多，只是生活太忙，往往没有下次了，终于到了假期，打开手机联系人翻阅了几遍，没一个人可以约出来，于是大半时候和沙发相互依靠。

一家真正的咖啡馆，它教会你：朋友需要彼此花时间陪伴，来一杯温度刚好的咖啡，人和人之间的关系维持在这样也最好。不必过烫，在一家公共的客厅见面即可，免去见到自家阳台挂着的花内裤；亦不必过冷，面对面谈天说地，常走动常联系感情才不会越来越疏远。

台湾作家张晓风写过一篇《这杯咖啡的温度刚好》，她说：“咖啡总是和我站在一边。喝完咖啡，我立刻有一整个世界要拥抱。”如果你来到台北，那就去咖啡馆吧。

DIFFERENT WORLD

I want to be different from the world

在喜欢的城市醒来

乘坐地铁时光机
云层之上
简单生活
失忆的弄堂

乘坐地铁时光机

上帝关上门的时刻，是那么不留情面。不论你如何掏心掏肺，如何努力，如何呼天抢地；又或者，只不过是有一样更好的东西在前面，我们再等一等，就像等下一班地铁一样。

任何城市的地铁都会有带来惊奇体验的时光快车。走出阴暗、常年打着日光灯、天气永远不会变的地下铁，沿着自动扶梯或者楼梯走向光明的时刻，是那么神圣，阳光突然打在了头顶，前往的人都好似虚化了一般，消失在一片白色中。而自己，也在向前走着，朝着这股白光，宛若重生一般。

巴塞罗那的地铁里，大家喜欢让座。大家看见老年人、孕妇、抱着孩子的，一定会主动让座。

人们喜欢读报纸，不会盯着别人。有的女人打电话，就会说一大堆话，周围人假装看报，其实在听着里面的对话。女人走了以后，大家纷纷和旁人议论，没有旁人熟人的，就和陌生人一个眼神，一个“我受够了”“我懂得”的手势，彼此会心一笑。

西班牙人是喜欢凑热闹的，更是爱帮助人的。无论是对于小偷也好，对于生病的人倒在马路上，还是对于流浪汉，都会去凑个热闹关心一把。但又会对那些在地铁乞讨的人充满了厌恶感。他们不偷不抢，不过是每天都给硬币，自己已然没有工作生活紧迫了。

我喜欢地铁。从地铁走出来就觉得惊艳，看见圣家堂，看见大市场，一切，都是突然来宠爱游客的。我不敢相信，曾经的明信片样子，就是活生生地出现在眼前，只有去触摸了，就算再近，还是觉得那和我不在一起。

坐在它的对面，和时光对话，这般心情，正正好好，看着熙熙攘攘的游客。

从地铁出来，迎面而来的就是巍峨雄壮的高迪圣家堂或者雄壮的西班牙广场，这股痛快的惊喜感，毫无一点神秘感，爽朗到就好像曾经百转千回想要遇见的偶像，突然出现在拉面店里，是一个平凡的人。

面对失败，一份工作，一个证明。现在，不知道何去何从。一个人坐着地铁，随便一站下来，没想到就差点遇到小偷，被一个男人叫住，讲着西班牙语。我才知道，原来有一个女人试图打开我的包。

如果被偷走的话，就是我的所有证件，护照身份证，还有写了很多文章的电脑。一切，历史会重写，我会成为另外一个人吧。能够不依赖外界去活，才是一种本事。

我总是会为了那逝去的日子而难过。是不是，该请人帮我偷走那些日子呢？

难道注定了，有的时候，一些事情怎么尝试都行不通？

上帝关上门的时刻，是那么不留情面。不论你如何掏心掏肺，如何努力，如何呼天抢地；又或者，只不过是有一样更好的东西在前面，我们再等一等，就像等下一班地铁一样。

DIFFERENT WORLD

Vall
L5

云层之上

对于行者，天气是无关的。心在云层之上，阳光就一直在。

有时候，我会想念不同地方的不同天气。因为天气就好像一种性格，配合着当时的经历，融合成一种独特的感受。

在巴塞罗那久了，习惯了这里阳光灿烂的好天气。即便冬天，在午后阳光照射下仍能感受到一丝夏日温情。一年四季人们生活节奏缓慢，尤其在夏日，因为炙热，人们爱睡午觉。傍晚去海滩踏浪，夜晚吃了极晚的晚餐，在阴凉的街道散步。

上帝是如此厚待这里，给予好天气，给予山与海。下雨的时候，人们也是快乐的，难得的雨天因此格外需要庆祝。

相比巴塞罗那，荷兰就是个不被眷顾的孩子。在上海短衣短袖恨不能扒层皮的八月，第一回抵达阿姆斯特丹，刚下飞机，就一阵阴冷。在这里度过的夏天，还是要穿皮夹克的。每家每户只有暖气，因为这里实在太冷，高于三十摄氏度的日子几乎罕见。

有一天温度奇迹般到了三十摄氏度，满大街都是荷兰人，兴奋地踏着自行车出现在街道，或是躺在草地里打盹儿。而这时候我的家乡，早已经水深火热地接近四十摄氏度，在荷兰的三十摄氏度里，我知足地体验着想家的那股燥热。

有时候太阳在头顶晒得久了，却怀念起荷兰典型阴雨连绵的日子。撑伞的人很少，骑车的人也都爱淋雨。并不是因为潇洒，而是每次下雨都会伴随着大风，几乎要吹走路人。雨过之后，常常可以在垃圾桶里看见一把把“英勇就义”被风折断了的伞。

冬天时候下着大雪，我穿上最厚的衣服上街，整个世界一片雪白。去海滩边看冬天的大海，在沙滩上堆黑白相间的雪人。往往到了中午天仍然是漆黑的，但日子还是该怎么过就怎么过。有意思的是，再恶劣的天气，也没有看见身边的荷兰人抱怨过，也从来没有人因此而抑郁，最佳证据就是课堂仍然按时坐满了。

而爱尔兰的冷，有过之而无不及。冬日漫长，每天的阴雨，不见阳光，风也很大，人就被压抑着。想到了一个听过的故事，传说中最有名的爱尔兰断崖发生过一个奇迹，就是一个当地妇女几次跳崖自杀都没有成功，只因为风太大，而且她穿着蓬蓬裙。刚跳了出去，风一吹，就像是一把伞一样撑了起来，又飞回到悬崖边上了。

同班有个爱尔兰同学用了一个星期时间去阿根廷旅行，回来后皮肤晒成古铜色，全班都万分羡慕。到了五月终于有一天，太阳第一次露了脸，当地人纷纷拿出了家里的椅子，就在庭院里面晒上一整天，兴致更高的，临时呼朋唤友来吃烧烤。众人喜滋滋地感慨，真是意外，这样的好天气！

面对天气，我常常觉得那是不可抗的因素，充满了无奈，只能因为头顶是如何的一片天，而决定心情。

直到有一次，在刮着大风下着大雨的荷兰起飞，当飞机冲破云层的时候，光芒万丈。我突然才领悟，原来太阳每天都在那里，它从来没有放弃过地球任何一个角落，只是有时候被云朵遮住了而已。

也从来都无最好或最坏的天气，日子要照样过。无论天气好坏，知道了阳光一直都在，心里就会很踏实。这样的情况，让人不禁感慨有些事情是纸老虎，你越把它当回事，它越挡着你，反而失去了很多机会，甚至有时我们只是喜欢给自己寻找不去行动的理由罢了。

对于行者，天气是无关的。心在云层之上，阳光就一直在。

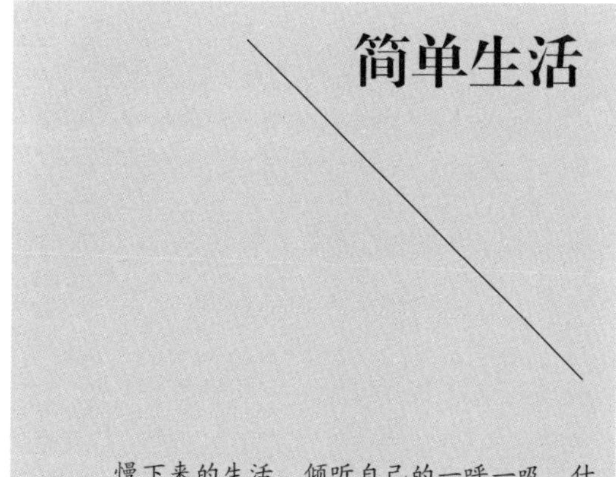

简单生活

慢下来的生活，倾听自己的一呼一吸，什么都不去想，不去写，好好活着。

中国最北端——漠河北极村，这里的七月，白天有太阳时，晒得脸发烫，天很蓝，云朵成块。但小心阴雨天，风吹起来，刺骨地冷，棉袄披在身上都没人说你过分。

青山不说话，那儿便是俄罗斯，每一天，用眼睛看一眼就能出国。

夜，终于迟迟来临，星空遍布，有游客放起了烟花，当地小女孩激动地喊，哇！求婚！在另一处，一群刚认识的少年，不过是住在同一个旅社，几句话来往，便谈论人生，啤酒一瓶接着一瓶。

在这儿，时间是慢下来的，每个人走得很慢，田地里的西瓜，也是慢慢长出来的，不急着被人摘下。小狗丢了，偷偷跑出去玩，主人着急，村民们也帮着找，小男孩小女孩比你还热心。这里只有两千个居民，不隔代，说出名字来，几乎都知道。

年轻人不喜欢这里，一个个跑了出去，有的把梦留在了北京，有的把自己安顿在了哈尔滨。可身份证上，还写着漠河北极村居民。

北极村的清晨，也是必须穿上冲锋衣的，不然冻得感冒。想起来，广州的朋友们发来简讯，天天抱怨被热醒，中午更无法出街行走。但是啊，人真奇怪！活在另一种天气底下，就不再记得夏天有多热。就好似，如果下了一整个礼拜的雨，整个城市的人都忘记了晴天是什么样子、什么滋味的了。

我有点想念真正的夏天，南方，那可以将人融化了的湿热。

在漠河，这里没有过分的消费，吃田地里种的便能饱肚，教人不去挑食；而时常出现的断水断电，把坏脾气和急性子也磨成了没脾气和慢性子。

夜不闭户，生活简单。玩摄影的朋友告诉我，看一个地方，越淳朴，就越是乐意让你给他们拍照。突然有个想法，和村民聊天，给遇见的每个人拍照。在中国的最北点，他们都大方地抱起小孩来，让我拍照。遇到了居民淑阿姨，聊了一下午，还硬是塞给我雪糕吃。又在一家小店门口，遇见一个从山东闯关东，跑到这里很远，生于1911年的百岁老人。

这些年，北极村生活即使简单，在老人眼里却是翻天覆地变化的。建立起的风俗村，太陌生；那些正建设中的度假别墅，看不习惯。

来此的游客们纷纷庆幸，和真正的北极村，是有缘分的。对啊，晚一点，就遇不到了。不过，走在路上久了，我学会了一个道理，从来没有遗憾，只是不必要的偏执。

没碰到，不过是缘分不到。

在这里的日子，似乎总在断水断电，做得最多的还是在田地前一个人荡秋千，看着乌云一点点吹去俄罗斯方向，天一点点放晴，那热情阳光一点也不讨厌。

接着，晴空一点点变炽热，最后逐渐暗下去，月亮被星空包围。手被麻绳刺到了，可心情越来越柔软，越来越愉快。

一天只做一件事，那就是懒懒地荡秋千。小狗过来，舔舔我的脚趾，于是我把鞋子甩掉，赤着双脚蹬向天，秋千荡得更高了。

又有什么事，是值得此刻担忧的呢？发生在过去的，已经无力改变。而未来的样子，更不必在意。只能活那么一次，每次的呼吸都是生命的倒计时。所有事前的不安和猜测，只是在折磨自己。切实发生时，一丝一毫地去体验，竟然发现完全是两回事了。那些流走的时间，猜测带来的苦恼，成为浪费。

在这里，偏执未免太过可笑，因为每一刻都是最好的时光，最美丽的风景。春日翠绿，夏日凉爽，秋天落叶满地，冬日雪白。甚至每天不同时刻都美，火烧云的壮烈，夕阳的美丽，星空的璀璨。慢下来的生活，倾听自己的一呼一吸，什么都不去想，不去写，好好活着。

大概，简单生活就是如此吧。

我想和这个世界
不一样

I want to be
different
from the world

D I F F E R E N T W O R L D

黑 河
HEIHE
17KM
锦 河

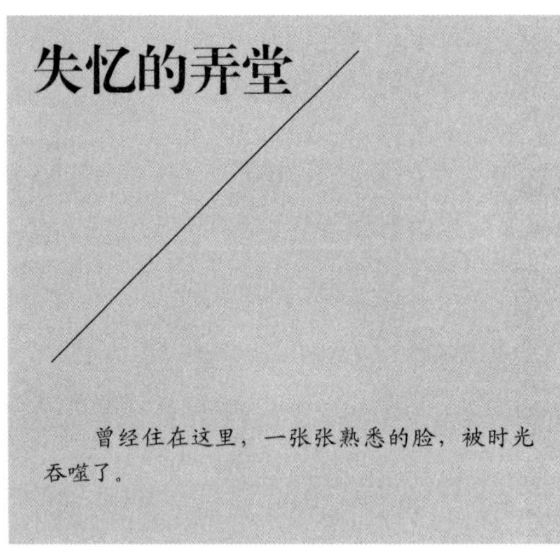

失忆的弄堂

曾经住在这里，一张张熟悉的脸，被时光吞噬了。

我做了一个梦。

梦里面，一群小孩穿着破旧凉鞋，身上是哥哥或姐姐的大衣服所以露出个肩膀来，每个人腿上有大大小小的紫色毒蚊子块，可是没有人介意这些，大家追逐呼啸着，奔走在一个个狭窄的弄堂。

太阳很好，穿堂风吹在脸上很凉爽，外公用缝纫机踏出来的花裙子在飘逸。

我们一直奔一直奔，没有目的，没有终点，只怪弄堂迷宫一般的路口太多。

家在哪里，再也没有人记得了。

半年前，我回上海时又去了梦中的这块土地。大半的弄堂已经被拆走，只留下孤零零的一小片破旧的三层阁屋子，弄堂进口处的“平安里”那三个楷体红色大字早已经模糊。

曾经住在这里，一张张熟悉的脸，被时光吞噬了。

老人们大半搬走，或不在人世，小孩们也都和我一样被父母带回了摩登都市的火柴盒。

上海是有些清朝时期的老弄堂被作为文化遗产留下来的，更有田子坊这一带，是将老上海的面目融合了商业与西洋被捏了出来。但，这一片没有任何意义，谁见了都要说“快拆了吧，不符合上海形象”的地方，是我童年成长的家。

我的外婆家，就在七浦路一排排商铺背后的弄堂里。爱美爱淘衣服爱讨价还价的上海姑娘都知道一个地方：七浦路。

外人即便不知，倘若去南京路，乘坐66路经过了河南路这一段，必定会被这熙熙攘攘的人群惊吓到。在网络购物还未风行之前，买日本原单，或者便宜得没有牌子，但是款式各异衣服的地方，必然就是七浦路，更不用说，徐家汇当时的地铁购物城的诸多衣物，都是店主来七浦路批发的。

重回我的梦，之所以对于四五岁的我来说弄堂是迷宫，大半因为我要找外婆，经常要经过一段奇幻的“旅途”。

我们住的地方，一下楼就是一个窨井盖，横向一米不到的狭窄弄堂路，常常有几个老婆婆坐在小板凳上吹着过堂风，在那里剥毛豆聊天。有时候剥完了也不肯走，从口袋里掏出一袋瓜子，啃了起来，手里握着像济公拿的一样的破蒲扇，见我来了，就笑着说："小姑娘找外婆啊！"

这一排的石库门左拐，在弄堂过道口有棵盆栽的无花果树，过道口比起弄堂的小路宽敞多了，因此两旁开店卖衣服的老板就聪明地在墙壁上也挂满了衣服。

这条路走起来是有声音的，因为地上常常都是顾客买了衣服以后扔下的塑料包装纸和白色的硬纸板。门口的老板和外公外婆很熟，说了一口奇怪的上海话，后来我才知道他不是本地人，苏北一带过来做生意的，见到我总会客客气气地问："小姑娘越来越大了，要新衣服伐？"

再走出去一点，与弄堂居民区平行的，就是繁华得人潮涌动的服装市场了。那里对我来说是个陌生而危险的世界，那里行走了太多陌生的大人，他们看起来很壮实很有活力，高大得如同我未曾见很多面的父母，不像是"我们的人"，因为在弄堂里"我们的人"若不是小伙伴这类的小毛孩子，就是老人。

危险信号加强，于是折回。往前一个道口，穿过狭窄的弄堂小道，路面是弄堂一如既往的凹凸不平，沿着石库门的是一条下水道，弥漫着淡淡的恶臭，还偶尔会有一只巨大的灰老鼠窜过。在这个弄堂过道口，就是被漆上深绿色的木头搭成的电话间了。

那时候每家每户还没有人有电话，要是打电话或者接电话，一定要跑到这里。好像三毛钱每分钟，虽然我不认识电话间的阿姨，那个阿姨也不认识我，但是我认得她的声音。

“张家姆妈！电话！”她经常会在我安静午睡的下午，突然吼着嗓子嘹亮地在弄堂里叫，不出三遍，就会有一个声音同样用上海话回应“哎！来了来了！”有次她又来喊，我的外婆居然回应了，匆匆下楼。那一刻，多亏了电话间阿姨，我才知道原来外婆是有姓有名的，她不叫外婆。

再走过去一个弄堂口，是个小烟纸店。上海话发音是“小椅子店”，因为我还小，不知道什么叫作“烟纸”，只是一个劲认为“小椅子”。其实我也自圆其说，因为店里面那个老板总是坐在一把小椅子上，在玻璃柜台后面等待大人小孩来买东西，所以这类的小店就被叫作“小椅子店”。

其实我不是常客，首先他比较年轻，不像是“我们的人”。其次，他们家的东西太少了，又很贵，我们这类小孩子的天堂是小花园里面的摊头，那里什么都有，还可以捡便宜一般死皮赖脸多要一个泡泡糖。有时候，光顾“小椅子店”，不过因为人懒，不得不在他那里买一袋要一块钱，非常奢侈的小浣熊干脆面。老板从来不站起来，只是伸长了胳膊到橱柜里面，问：“小姑娘要什么味道的？”“烧烤。”他手指撩到了棕色的一袋，递给我，我踮着脚，在玻璃柜台上留下两个五角钱硬币，就匆忙走了。

下一条道，越来越远了，就开始有些陌生。当然，也因为我不喜欢那里。那里是弄堂居民倒马桶的地方，恶臭叫人难忍，地上常年很湿，不仅如此，这些湿水从未有人清扫，它们是有颜色的。对我来说，儿童地狱不过如此。

那时候，弄堂小孩喜欢冒险，于是我们几个小孩就聚集在这个弄堂道口，一个个飞速奔跑冲刺过去，拧着鼻子到达外面的“大人世界”，就算是一项冒险挑战。其实，这里除了倒马桶，隔壁是个公共厕所，常常有男人在那里面对着墙站着。我是个女孩子，不知道那是干什么，一开始，我觉得他们一定被幼儿园老师罚站，或者在完成一项挑战。后来知道真相后，每每路过总会羞涩，不敢往那里看。

对了，弄堂里，是没有抽水马桶的，别惊讶，其实男孩子和老爷爷洗澡的话，也都是光天化日下赤裸着，穿着短裤在弄堂小路里一桶桶水灌下来的，至于女人和女孩，就是在家里用大的洗澡桶盛好了水，洒些花露水洗的。那时候，我连浴缸和淋浴房都没见过。

上厕所的话，小人们用痰盂，老人用木头做的桶。木头的桶放在三层阁的天台，痰盂就被放在床下。小时候，我曾经在外婆外公不在家时试过木桶，一屁股坐上去就陷了下去，屁股太小而木桶口子太大，所幸外婆已经刷过了，没有遭殃。小人们坐在痰盂上，有时候不解决本质问题，只是像坐板凳一样，玩着玩具。老人家见到没有收获，也就说："好了好了，帮你擦擦干净，坐久了屁股要坏掉的。"虽然我一直不知道坐久了屁股要怎么坏掉，但至少，我就是那享受着坐在马桶上屁股清凉的小孩之一。

再下一条弄堂道口，就是扔垃圾的地方了，在那里满是苍蝇和老鼠，和上一条厕所通道一样是不受欢迎的。弄堂的垃圾都扔在那里，老人家往往心疼东西，所以扔出来的垃圾往往是没有塑料袋的，老人把垃圾倒出来，袋子拿回家用自来水冲一冲就继续用。

为何我们这群小孩子不喜欢甚至恐惧这个道口，其实是有原因的。这里常常会有一个满身臭烘烘的全身黑黑的怪人过来，身上背着箩筐，手里提着一个铁夹子，铁夹子很长，他在垃圾堆里面翻着，看到喜欢的东西就用铁夹子夹起来往身后的箩筐扔进去。

我们小孩子都害怕他，因为所有好朋友都告诉我，他们的爸妈都不约而同说过一句一模一样的话："瞧你再不听话，我就把你送回那个垃圾堆！你当初就是从那个垃圾堆里面被捡来的。"

他们常暗自庆幸还好是被捡走了，不然的话就被这个乌黑怪人用铁夹子扔进了箩筐。我觉得自己比起他们来幸运，因为我是被爸妈住在虹口区水电路那边的垃圾桶捡来的，远得很，坐车要14路转21路再转97路，所以全身黑黑的怪人找不到我。不过奇怪的是，我从未在垃圾堆发现过小孩，可能都被捡走了吧。

终于到了我们弄堂的最底端，那条道口什么都没有，两面白墙。那里很陌生，因为是上了附近小学的“大孩子”的天下。他们总是在那里一群人坐在地上，之间一个人两只手并排摊开，手掌向下，对着在地上的一张张牌拍下去，翻过去了就能听见一阵阵欢呼声。或者，有时候他们全部趴在地上弹玻璃弹珠，绿色的小学校服被地面摩擦得很肮脏。我们这群幼儿园的小孩不敢和他们玩，更不敢往那里去。

而外婆呢，终于被我找到了，她就在那里，和一群老婆婆围坐在角落，三四个人玩接龙。那种接龙牌，上面都是三个点，四个点的。有时候她们还赌钱，赌得很小，一分钱两分钱的。

其实，小小的我未曾走遍过平安里，但我早已知道这一片弄堂是深不见底神秘至极的。有一次我跟着外婆走，穿越过弯弯曲曲错综复杂的石库门小道，走着走着竟然就到了外滩。

时隔多年，被拆得差不多的弄堂，对于下一代上海人而言，已经失却了记忆，田子坊带来的不过就是个符号。幸好童年回忆一直都在，也幸好在梦里，我还能继续奔跑，地上时而有小伙伴画的“跳格子”，时而有谁刚刚洗完澡后留下的肥皂水。我路过一条条熟悉的道口，闻着各式的气味。

我找不到出口也不觉慌张，因为那就是我的弄堂。

我想和这个世界
不一样

I want to be
different
from the world

D I F F E R E N T W O R L D

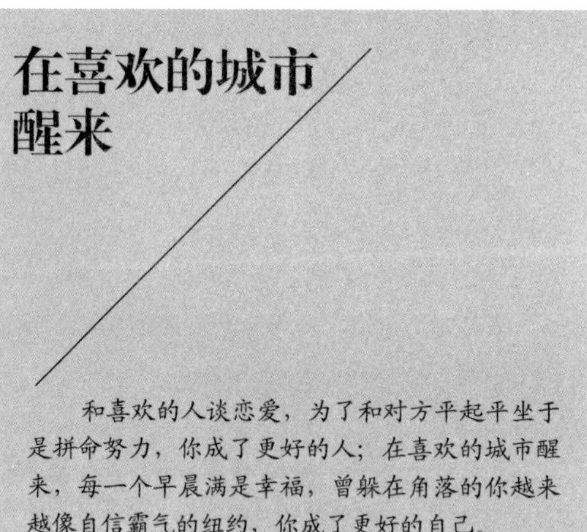

在喜欢的城市醒来

和喜欢的人谈恋爱，为了和对方平起平坐于是拼命努力，你成了更好的人；在喜欢的城市醒来，每一个早晨满是幸福，曾躲在角落的你越来越像自信霸气的纽约，你成了更好的自己。

每个人心里，都有一座令他血脉贲张的城市。

答案可能是香港、巴黎、伦敦，但无须质疑的是，一定会有纽约。你看街上那些穿“I love NY”汗衫的人就知道天底下有多少纽约迷了。

生活在爱尔兰最西边的小镇时，那里因为居民太少所以没有巴士没有市集更没有高楼大厦，生活好似停了却依然被挂在墙上的钟，所有一切都是慢节奏的。那时，有首歌风靡大街小巷，镇子的姑娘们为之疯狂，迪斯科舞厅更会循环播放——《Empire state of mind》，唱的是和小镇截然相反的大都会：纽约。我喜欢歌里的一句自信而霸气的词：“如果你在这里成功了，那你到世界任何角落都没问题。”

不过到了纽约，却会发现人们嘴里的它其实很糟糕：物价太高，人口复杂，天气多变，这里的男人太不解风情……也许是大城市人都会有的通病，住在其中就一定会诟病这诟病那，简直一无是处；但若某天离开一阵子，嘴里念叨的却是另一番景象：这是世上最棒的城市，再也没有其他任何地方适合我，我要赶快回去。

《Sex and city》里的纽约，的确是令所有凯莉们血脉贲张的。它是实现小女孩梦想的舞台，穿不完的漂亮衣服，为自己个性“量身定做”的工作，还有源源不断的白马王子。

每一座大城市，都有一群初来乍到横冲直撞的小女孩，她们每个人都像本精彩故事书。到了夜晚，如果你不急着回家，那就在街上走一走，两旁还亮着的窗里，一定有凯莉们：恋爱是她们最好的胭脂，而幸福呢？就是打开衣柜，还有一条喜欢的裙子。

想起有一集，凯莉无意说到在找到她的“大人物”前，二十岁时曾盲目地爱过餐厅服务生，并为了他堕胎，是在诊所里认识的萨曼莎。接下去，从第一季开始我们就看着她在许多段恋爱中，逐渐蜕变成一个地道的纽约女人。不知现正开拍的《Sex and city》前传讲述的是不是同一个故事，但杂志里曝光的新版年轻凯莉，比起杰西卡·帕克少了太多的纽约气。

不过人沾染上城市的气场，是潜移默化的。你急不得，却也逃不掉。我们在城市指南里读那些以偏概全的简介，在历史书里对城市的前世今生了若指掌，可最终，我们自己就会成为城市的立体说明书，言行举止间透露着和它交换灵魂的故事。

和喜欢的人谈恋爱，为了和对方平起平坐于是拼命努力，你成了更好的人；在喜欢的城市醒来，每一个早晨满是幸福，曾躲在角落的你越来越像自信霸气的纽约，你成了更好的自己。

我想和这个世界
不一样

I want to be
different
from the world

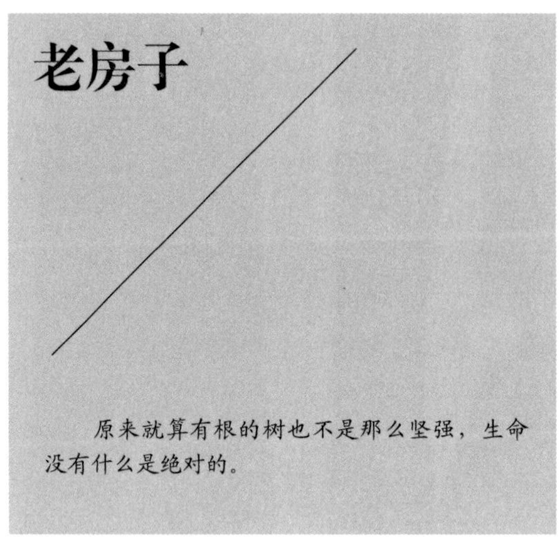

结束了野姑娘在弄堂奔跑的日子，从被父亲接回家开始上小学起，那六年我就住在我们全家称为“老房子”的地方，其实它有名字：水电路。父亲常常开玩笑说，这条路上有水有电，什么都不缺。

家里住在二楼，打开纱窗，就面对一棵高大的梧桐树，有点孤单地“高大”着。

我们和祖父住在一起。他年纪大了，所以耳朵很不好，聋了。每次和他说话，我都要很大声地喊，以至于每次楼下小胭脂店里面的叔叔阿姨都知道我们家晚上要吃什么，祖父他老人家今天要看《有线电视报》还是《新民晚报》。

在阳台上，父亲买了一个小黑板，还有一盒彩色粉笔。有一次，带到学校去，立刻就被同学一人一支抢走了，告诉他以后，他却笑了，说：“哈哈，这就是分享。”

当大家还在学习拼音的时候，我稚嫩地在黑板上写“上学”这两个字，祖父骄傲地横看竖看，一旦有人来家里就一定要引领其来到阳台，参观我的“真迹”。

那棵大树只是看着，在风中摆弄着碧绿的枝叶，长大，就是一件遥不可及的事情。

一整个暑假，真是漫长而无聊，再也没有小朋友们陪我在弄堂里面拍香烟牌子了，再也没有男孩子用滑炮来吓唬我了，住在这里，每个人一关门都互不关心，一个个火柴盒里面，住着一颗颗寂寞的心。

不知道祖父什么时候跑出门的，突然阳台上多出了一只鸟笼，里面有一只小麻雀。他骄傲地看着我，说，费了很大的劲捉到的。

一个阳光照得马路都快裂开的八月下午，祖父心静自然凉，连电扇都不开，安静地读着他的报纸。我看着小麻雀，突然想到，快要开学了，它的爸爸妈妈一定很担心，万一它没有做暑假作业……我悄悄地透过窗子看了看祖父，于是将纱窗打开，将鸟笼敞开，小鸟头也不回朝门前的那棵大树飞了去。

我开心地想着，在树上，它结束了在我家的小度假，继续读书了。

后来，祖父没有生气，只是他再也没有机会为我捉第二只麻雀了。

我记得自己没有见过祖母，虽然她见过我。

可是我和父母每年都要到苏州去见一块石头，上面有祖母的名字，虽然，那三个字对还在上小学的我来说太难写了，难写得就像我自己的名字一样，费很多功夫才能勉强写对。

那是我最兴奋的一天，在我没有认识死亡之前，我甚至希望每年可以去不同地方多看一些人。

从上海到苏州，坐绿皮火车要天没亮就去北站。前一晚，我肯定激动得睡不着觉，然后在迷迷糊糊时候被母亲穿好衣服，看着母亲把茶叶蛋、小盒饭装好。我把自己的小玩具放在随身小袋里，闲来无事就趴在窗口，吹着四月初春仍有些刺骨清凉的风。昏黄的路灯照着门前的那棵树，树影歪歪的，它还在睡觉，我不能打扰它。

暑假里，喜欢去游泳。常常贪玩，多游一场回家的代价就是感冒了。下雨时候的游泳池特别好玩，雨水亲吻游泳池打在身上是快乐的，而且穿着游泳衣就不需要打伞，真是一个好借口。我喜欢在水里张开眼睛，看着里面那个奇异的世界。

回家，在楼下小店买一根七毛钱的橙子棒冰，五毛钱的小浣熊干脆面。湿着头发吹电风扇，等待我最爱的动画片，一看就看到母亲回家。听见开门声立刻关上电视，努力吹走电视上面的热气，拿出一本小书开始读。

瞄了一眼对面的树，它茂盛着，不说话，为我保密。

父亲买了一辆小自行车，还在后面装了两个小轮子。第一次坐上了自行车，他推着。后来，我居然不需要两个小轮子，就可以自己出发。

练习的地方，就在大树的前面。

拿到了吃早饭的三块钱。可可牛奶一袋七毛钱，一个甜的大饼五毛钱，一笼小笼包一块钱。

可是，我就在小菜场旁边的摊头，用所有钱来买贴纸。然后把贴纸藏在裤子松紧带里，饿着肚子回家。树在对面，为这个骗人的小孩在风中摇摆。

我从来没有对这棵树有过多少的正视，只要知道它在那里，一切都是安全的，家就是这个样子，就好像夏天收废报纸的男人骑着丁零零作响的三轮车，在夜晚的里弄摇着铃说“关好门窗煤气”，如果没有那隐隐约约的声音，夏天就不会完整。

每年的夏天尾声，狂风暴雨来袭。只要坐在家里，窗门紧闭，看着电视就感觉自己是安全的。天雷滚滚，一个夜晚，再醒来，门口的树是倒下的。

从那一刻开始，我好像知道了什么。是不是这就是长大，迷迷糊糊，却从来不浑浑噩噩。

原来就算有根的树也不是那么坚强，生命没有什么是绝对的。

后来我们搬走了，再也没有去过老房子。

可是在梦里，一切还是老样子，只是当年的小姑娘已长高长大。

囍
囍

爱一个人，心里会开出彩虹

有时候往往离开后在回忆里，才能知道自己有多喜欢一座城市。

大城市的夜，是看不到星空的。

花城广场上，有老妇人们排着阵列在跳舞，一个个欢快地扭着腰肢。夏夜的晚风，似乎是从她们带来的收音机里飘出来的。周围，高楼大厦发着光，甚至下沉广场的电子屏幕，也拼了命地要占领路人的双眼。

抬起头，这里的天空看不到星星，连月亮，在这亮眼的热闹中都显得黯淡。偶然，一颗璀璨的移动光点，我激动了一下，以为是流星。

再认真看，却，哦……是飞机。

想起在非洲小岛加纳利的夜晚，十二月依旧温暖。黑夜，彻底而纯粹，

躺在沙滩上，就能够拥有满目的星星。

很奇怪，对一座城市的感情，常会因为那些小细节而带来大爱大恨。因为这里没有星空，就任性地说："我要赶快离开这个又热又闷雷暴雨又吓人的鬼地方！"但哪知道逃离出去，旅行一圈回来，却感动地想："我终于回来了啊，广州！"

想念一座城市的时候，一切都会在脑海里仿佛是上了一层温暖的色调，即使当时有着再多残忍的记忆，如今却只是满满的那一股"再也回不去的好时光好故事"的怀念。

陌生的城市，令人不安的气候，甚至年轻漂泊的无归属感，倒在广州塔底下得来了一丝慰藉：它是夜晚绽放的美丽彩虹，时而斑斓炫目，时而一片天真的土耳其蓝，又时而大块热情的西班牙红。

在这样一座连夜晚都有彩虹的夏天城市，连悲伤都显得可耻。远方没有星空，却能意外收获黑夜的奇迹，是需要加倍感激与珍惜的。

大概就是这样，有时候往往离开后在回忆里，才能知道自己有多喜欢一座城市。

这样的遗憾，就如同我们常常无法确定自己是不是爱上了一个人，往前走一步，缺少勇气，更害怕受到伤害；往后退一步，骂自己懦弱，就这样可惜了幸福。唯独事后，才清醒而痛苦。

想起电影《云上的日子》里，有一句美到心碎的话："如果我爱上你，就像在黑暗的房间点亮一支蜡烛。"

那，是不是我爱上了你，心里会开出彩虹呢？摸不到，也闻不着气味，只是因为你的存在，而让我感觉世界突然变得很美好，想和你在一起，连说话的时候都是笑意满满的，呼吸是甜的。一起做的事，无论再小，都因为你的在场而意义非凡。而当我贪心地想要深深去拥抱彩虹的时候，却踉跄地扑了个空。

爱情最美的时候，恰恰就是在这样进退不定的阶段里，我们好似爱上了彼此，却又好似还少了一点什么，在一起，又不在一起。不过，为何一定要有个爱的"正式启动形式"呢？

和你在一起，在一群黑皮肤的外国人当中散步，牵着手好像在中东旅游；和你在一起，坐在最后一排乘好久的公交车，去上下九的"南信"排队，只为了十块钱一碗的双皮奶，大口大口吃得很幸福；和你在一起，一路听着北京路两旁店铺门口店员们的拍手叫卖，去表叔餐馆点碗粥津津有味；和你在一起，在淘金地铁站四周穿着人字拖鞋逛街，白云宾馆一旁的煎饼果子摊头很香，澳门的奶茶味让人流连；和你在一起，去天河城但是不看电影，只是同情地望一眼排长队的情侣们，然后饶有兴致地看上映电影的海报……

反正不怪我，怪广州不是个适合恋爱的城市：太热了不能拥抱，飞机常常误点不能相见，雷暴雨淋湿了精心的装扮，餐厅太多太好吃体重控制不住。

至少，我黑暗的心房有彩虹正开得绚烂，已经很快乐了。

D I F F E R E N T　W O R L D

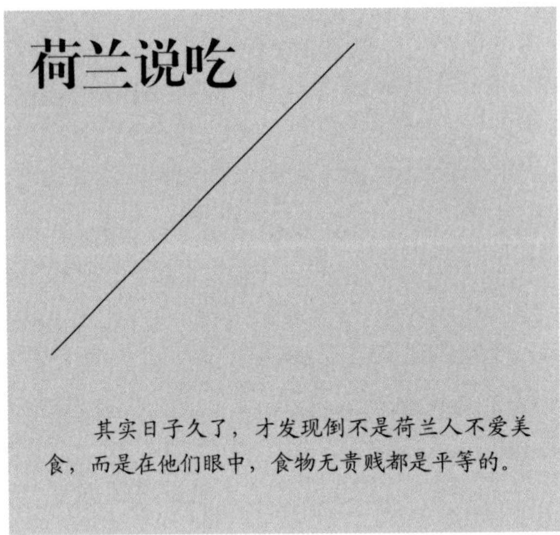

荷兰说吃

其实日子久了，才发现倒不是荷兰人不爱美食，而是在他们眼中，食物无贵贱都是平等的。

踏足阿姆斯特丹，容易被路边各国餐馆的招牌所迷惑，有阿根廷餐馆、中国餐馆，也有印度尼西亚餐馆、西班牙tapas餐馆，甚至在隔三岔五的运河桥上，也随处可见香肠摊头。久居荷兰，倒也没有被游客问过哪里有荷兰餐馆，也纵观全球，有法国菜、西班牙菜、中国菜、越南菜，还真从未听说荷兰菜。荷兰，果不其然它的饮食文化就是没有文化吗？

甚至发生过关于饮食的怪事一桩。一日，作为帮助装修房子的答谢，阿姆斯特丹的好友请我与她家人共进晚餐，兴高采烈地想着终于能够一尝荷兰特色菜肴，并理所当然幻想着一桌好菜。谁想到桌上摆的居然是土豆煮烂了成泥，再放一些胡萝卜，每人再分一根肉肠，这居然就是一顿答谢的晚餐。当时心里想着，不巧！难不成刚好赶上他们家今天吃忆苦思甜饭的日子？谁想到朋友还科普了一下，骄傲地告知这道菜是他们的国菜。看着她人高马大，心里不禁同情起来，大高个的每天才吃这些，我一个小身板在国内要配齐各式菜色才过瘾。

另外，因为学校经常上一整天课，餐厅开价又贵，加上荷兰人典型的省钱性格，课间休息大家基本上就吃着自带午餐，他们拿出来的午餐盒不是亚洲人那种还散发着排骨香的爱心便当，而是赤裸裸的两片切片面包，中间夹了一片荷兰特产之一的芝士，他们拿起来还在你面前能够吃得有滋有味。想一想，每次乘坐荷兰皇家航空KLM，飞机餐是永远不变的两片面包夹个芝士，亚洲乘客常常目瞪口呆。

其实日子久了，才发现倒不是荷兰人不爱美食，而是在他们眼中，食物无贵贱都是平等的。再者，荷兰经历过一段时间的严重饥荒，最后居然要靠食郁金香求生，因此一代代都养成了珍惜食物的好习惯。最真实的一事，就是曾有一位荷兰人招待晚餐，一只鸡，昨天烧掉大家吃了肉，主人今天还用鸡骨头炖了美味的鲜汤。荷兰人的那股可爱的小气劲，令造物主都敬佩。

各位吃客们，虽说在阿姆斯特丹吃的文化未有什么盛名，但所谓的特色饮食就是“过了这个村，就没那个店”，照此想来，这里还有那么些独到佳肴的。首先就是市中心广场可以找到的鱼车，也就是卖海鲜的移动小摊。这样的鱼车门口，可以看见络绎不绝的荷兰人，最为特色的是一种用盐腌制的事前挑走鱼骨的鲱鱼，称作Haring，伴着洋葱颗粒，味道鲜美，奇怪的是一点腥气都无，嘴里一直留有一股余味。吃的时候姿势也有讲究，用手指拿着鱼尾，嘴巴张到最大去吞食。除了生食，他们还有炸鱼，表皮松脆，里面的鱼肉丝滑。配上他们独有的调味粉，口感十足。作为北海边的城市，自然这里的鱼很新鲜，也正因为这个得天独厚的地理条件，配上荷兰人的生意头脑，可以说荷兰人的发家致富是从渔业开始的。

其次，也极力推荐一下荷兰的薯条。有过一个网络调查，全世界哪里的薯条最好吃，众网友纷纷投票荷兰，倒不是名气问题而是它的好吃实至名归，的确令人上瘾。最普遍的就是Smuller，在每个城市的火车站都有这样一间小吃坊，阿姆斯特丹也不例外，速度快不说，出示荷兰火车天票还能以半价买到中号薯条。再怎么行色匆匆的荷兰人，赶着火车，手上也可以看见红色Smuller商标的薯条盒子。当然阿姆斯特丹沿街也都有薯条店，经常排了长队门庭若市。

最后要隆重推荐的就是一道有故事的土耳其佳肴：Kapasalon。欧洲的土耳其烤肉店很平常，到处都是，但唯独在这里，除了四处可见的doner外，你能点到一份即使在土耳其都买不到的荷兰特色土耳其食物。为证实，作者亲自跑到土耳其，但真的没吃到过，当地人也表示从未听闻这个词语。原来，最初理发店（荷兰文中称为“Salon”）因为很忙，所以经常找隔壁的土耳其店叫外卖。食物放在锡纸碗里，肉加上薯条再放沙拉，上面一层融化的芝士，方便运送，也没有名字，为了方便称呼，也因为理发店经常叫外卖，干脆起了这个名字。

这道Kapasalon道出了荷兰饮食文化有趣的一面：正因为荷兰的多民族性，造就了它的食物多样性。在阿姆斯特丹生活，不仅仅只有土豆、胡萝卜与肉肠，因为它融合了世界各地的移民，尤其是摩洛哥、土耳其、印尼、苏里南、中国的，所以它在每周一、三、五都在广场有一个openmarket，被当地中国人热情亲切地称呼为了欧妈，咱这个妈走近一看还真像是中国小菜场，什么瓜果蔬菜都有，走远点，还能发现像是香港女人街一样的衣服日用品摊头。可以毫不夸张地说，每个民族在此地仍然能够找到与自己家乡有丝毫联系的食物。尤其对于中国人，荷兰最大的叫东方行的超市连锁店就在市中心，阿姆斯特丹的市中心就有一家，在这里，一切食材都能找到。

一方水土养一方人，荷兰人的实在质朴在他们对待食物的理念中得以体现。也因为其国家包容性，第二代、第三代移民得以在此地融入并且安身立命，每个民族都能够买到食材。荷兰这道菜，一言难以道尽，你需要进入其中慢慢品。

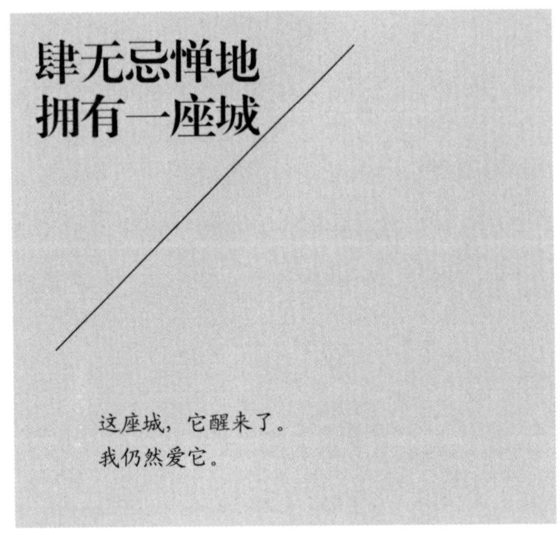

想问你，在什么时候，觉得自己是拥有一座城市的？

是站在摩天大楼的最顶端看星星点点的万家灯火，是靠双腿不断行走穿梭在白天川流不息的人潮中，还是像我一样，在凌晨无比静谧的两三点，肆无忌惮地在街头唱歌跑步？

很奇怪，到了其他城市总会担心这个害怕那个，唯独在家乡再晚也没有顾忌，甚至享受那死一般的寂静街道。头一回发现这股“拥有”感，还是在青少年的时候，与友人唱完KTV已是接近天亮，走在街上，原本车水马龙的南京路竟然无比空旷，唱歌还没尽兴，四周无人索性拉开嗓门在街上和友人清唱起来。那一瞬间，整个上海似乎就是我们的舞台。

尔后，我溺爱起这个“上海唯独在凌晨无人街道才被我拥有”的小秘密。有时候背着一把吉他，在鲁迅公园门口暖黄色的街灯下，和一个玩音乐的朋友对着空旷马路弹唱；也有时候在凌晨三点去楼下跑步，一个人充满希望地迎接新的一天。

童年，我生活在闸北区七浦路外婆家的弄堂里，因此“夜上海”对我来说是有别于酒池肉林的七彩霓虹。上海的夜，在我眼里是玫瑰色的，单纯到酒不醉人人自醉。

甚至偶尔这股玫瑰红，还是略显寒碜的繁华落尽。城市白日的光景，宛若恋爱初期，人生初见，对方总是想象中最完美最光鲜的样子；夜幕降临，恰似恋人日渐熟悉，相处越久越是看见对方最真实却也最疲惫最不堪的狼狈相。我们到城市观光，大半时间喜欢白天看风景拍照，晚上熄了灯，谁会特意跑街上游览打烊的店铺和满地垃圾呢？更何况，相比城市，人更“主动”地要遮掩弱处，但距离心最近的那个人，却希望坦露所有真实，仍然被接受被迷恋。

上周末的凌晨三点，朋友开着车，我们就这样拥有了整座城市，而我，是这样地喜欢家乡最落寞的一面：徐家汇总是堵车的购物中心此刻一个人都没有，灯光昏暗；外滩只有路灯还亮着，对岸的高楼大厦都在沉睡；黯淡了的东方明珠有一半淹没在雾中；七浦路天桥竟然空荡荡的；乍浦路的夜排档灯火辉煌；路过避风塘隔着窗里面有人在那里打牌；新天地还有老外打车刚抵达；开过衡山路迪斯科音乐依旧震耳欲聋；有醉酒狂欢的人搀扶着在路当中打车；路口一辆辆头顶亮着绿灯的大众强生出租车在等待生意；没什么生意的师傅就索性把车停在夜排档旁边，嚼着烧烤肉串有一搭没一搭聊天，时而蹦出本土的脏话来。

我们在飞速成长和改变，城市也是，于是乎，我们这一代人就成为没家乡的人。幸好，我还能这样自私地在凌晨时刻拥有属于我的上海，没有妆容一脸倦意，还是令人打心底升起温暖与熟悉。

天一点点亮了，有郊区来的农人骑着“突突”响的机车，带着一大袋蔬菜赶去小菜场做生意。一旁公交站台司机喝了口茶叶水，就按下手刹开始工作，刚开出去没多久，第一班轻轨呼啸而过。不同的声音一点点交织在一起，直到越来越嘈杂什么都分辨不清。

这座城，它醒来了。
我仍然爱它。

I WANT TO

BE DIFFERENT FROM

THE WORLD

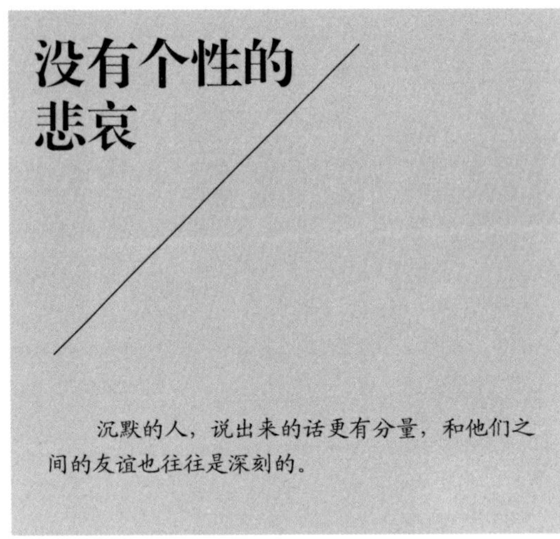

没有个性的悲哀

沉默的人，说出来的话更有分量，和他们之间的友谊也往往是深刻的。

成长于大城市，但我并不喜欢大城市。

大城市的店家都千篇一律，横过来竖过去也就那几个满世界可见的品牌，货架上满世界差不多的商品；大城市的人低头快速走路，偶尔双目交接，都不自觉警惕地手摸一下背包拉链；大城市的商业气氛太浓，看人看打扮和长相，还有钱包里的信用卡；大城市的景点圈起来收费不说，还硬是要拔高到某某城市文化象征的高度，像是多年不见的初恋女友，再次牵起她的手总觉有无形的陌生人之间的距离。

上周见到了土耳其驻广州的总领事，他问我：“你讲了那么多土耳其那些连我都没去过的小城镇的故事，怎么不说说伊斯坦布尔呢？”我摇了摇头：“去过以后，就像那些大城市，都忘记了。只是在一个计划表上打钩，嗯，去过了。如此而已。”

我是从叙利亚边境来到伊斯坦布尔的，圣鲁尔法小村庄的阿拉伯风情，走在街上和热情村民手舞足蹈的对话，以及露天餐馆不断要来合照的小孩们，在那儿当起明星的感觉，与伊斯坦布尔大城市的“平凡”境遇截然相反。抵达的清晨，有轨电车里挤满了上学上班表情麻木的人，和任何一座大都会的早晨毫无差异；中午走出了世界第一的大集市，周边的小吃饭店都是典型开给游客的，英文大字无处不在，生怕大家不知道这里卖的是“土耳其特色美食”；傍晚寻找青年旅社，店员趾高气扬，翻了翻我的护照，不耐烦地甩了句“没订房就走吧，都满了”，就下了逐客令。

兴许是我期待太高，伊斯坦布尔即便是大城市，但是它的地理位置非常独特，位于欧洲和亚洲的中间点，这里更有一座大桥连接欧亚大陆。结果却发现，其实伊斯坦布尔除了几个所谓的世界著名景点，其余都是大城市的风格。人很冷漠，势利，又因为政府大力投入了旅游业，借着“欧洲文化中心”之名推广，满大街拿着相机和地图的游客，像极了伦敦，要问路，拦下来的人十有八九也是游人。

这是一座立刻被人遗忘、过度开发的旅游城市。我问自己，这次的旅行在追求什么呢？对一座城市，是应该有那么大的期待吗？又况且奥尔罕的《伊斯坦布尔》一书中，常常提到“东方特点”与“西方事物”这两个字眼，足可见伊斯坦布尔也对于自己的身份充满了疑惑。

当一座城与一个人对自身定位非常疑惑时，我并不认为按照众人口味而发展是一个好方法。我有很多并不外向的朋友，不敢与人打招呼，并为此而感到自卑。但，内向并非坏事，有时候沉默的人，说出来的话更有分量，和他们之间的友谊也往往是深刻的。怕，就是找不到自己，譬如分明内向，却拼了命以不舒服的姿态出现在别人面前，即便热络也满是令人厌恶的不真诚。

一座城市，一个人，外向也好内向也罢，怕的是没有自己的个性。

但我未必如此厌恶这座城市，《伊斯坦布尔》有一段话我深深记得："一个城市的性格就在于它'太过分'的方式，一个旁观者可能对某些细节过分关注而歪曲事实，但往往也是这些细节定义了城市的性格。"留待未来，证明这些只是自己见少识浅的一面之说。

D I F F E R E N T W O R L D

我想和这个世界
不一样

I want to be
different
from the world

D I F F E R E N T W O R L D

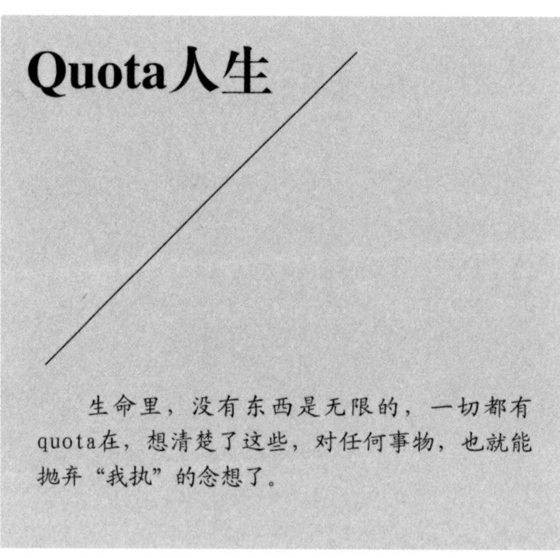

Quota人生

生命里，没有东西是无限的，一切都有quota在，想清楚了这些，对任何事物，也就能抛弃“我执”的念想了。

坐在珠海，眺望澳门，亦有一处，沿海开车，可以清楚见到澳门不夜城的风光。那里的天空，是如同上海一般玫瑰红色的。我曾把它当作一种乡愁，后来才知道，原来这同样被叫作光污染。

珠海的朋友介绍，在过去，澳门亲戚，往往意味着穷亲戚，只是在赌场开发后，那一边灯火亮了起来。穷过，原来才有故事，在澳门，若从赌场区离开，随处可见老建筑。游客来到这里为了赌场，但赌场并不是他们的历史。

葡萄牙人曾侵占此地，至今，马路上双语标识路名。在当地，诸多中葡混血儿，同学中他们大眼睛偏黄的头发。建筑是西洋的，彩色美丽。不仅仅只有大三巴而已。连在读书时候，我们选修的也是葡萄牙语。记得当时一个葡萄牙国际老师，玛利亚，微胖丰满身躯，丰富表情。上课是开心的，大家自然喜欢，只是过后，便回去生儿育女。

有时候我问自己，相不相信命运？

七岁那年，被邀请在别人生日宴会上唱歌，忐忑着，竟脱口而出，你可知Macau不是我真姓，我离开你太久了母亲。直到申请去到那里念大学，偶然记得，还是感觉命运暗示的奇妙。

我喜欢这座小城，它像是一道浓烈的色彩，你无法确切去定义，如同那些有鲜明个性的人，按照自己的形式做事。它古老、新潮、金钱，却又深刻。

永利、新葡京，在黑夜中矗立。

还记得，在澳门读书的那一年，一放学，和三两朋友坐上了免费的接驳车，去新葡京喝饮料，看跳舞表演。当然，那时候最吸引人的是艳舞，西洋美女把衣服一件件脱去，露出火辣身躯。服务生来回走过，还有免费的点心。

轮转盘。电影《罗拉快跑》，在尖叫一瞬间，色子掉到了她曾选的地方。或者，在卡萨布兰卡，出老千，让小情侣可以离开这里。我也曾试过，新手的运气总极佳。二十元，压在9，居然中了，得到八百元。立刻换筹码，不贪。

在那里，天空是亮的，这里没有白天黑夜，一直赌到输完为止。老师说，这里没有人是真正赚钱走的，来到了赌场就要做好全部钱都花完的准备。最赚的，就是容易上瘾的。赌场，是一个锻炼人收手的地方。可在这世间又有什么是不令人上瘾的呢？

喝可乐会，打麻将会，做习题会，爱一个人也都会。我会做的，就是给自己一个时限。小时候贪恋路边摊上的炸年糕，外面脆脆的，里面是软的。

母亲见状，拉着我出门，买了一根，看着我吃完，说：“这是最后一次了，对健康不好，但我让你吃过了。”

真有效！从那以后，我记得那最后一根的味道，并再也不吃。于是，每次喝可乐，吃薯条，我容易上瘾，便享受，同时告诉自己，这是这个月最后一次了。说到做到。慢慢地，遇到那些感觉自己过不去的事情，竟也能如此支招。告诉自己，要是难过，要是害怕，那就索性难过害怕彻底些，失恋就给自己一年时间去想那个人，害怕就给自己一个月时间不去面对，但是deadline一旦过去，就立刻去做，放纵过，所以没理由不去克制。

生命里，没有东西是无限的，一切都有quota在，想清楚了这些，对任何事物，也就能抛弃“我执”的念想了。

RUA DO CUNHA
記冷熱飲品

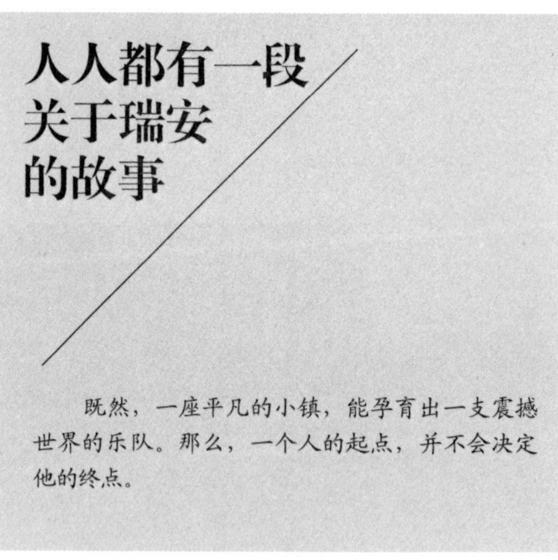

抵达约翰·列侬机场的时候，我只是无意抬头，周围的墙上，竟然是列侬写下的《想象》歌词。走出机场，不到五米，眼前即是一座黄色潜水艇。它就那样，无丝毫突兀感地出现在路的中央。那黄色并不晃眼，反而亲切得可爱。

上了驶向城市中心的双层巴士，跑到二层，坐在最前面，视野宽广，整个小镇仿佛是迎面扑来的。阳光很好，周围的英式小别墅里，住着一户户过日子的人家。街道干净，并无交通阻塞，也不常有人在走动，小镇是安静的。若是取任何一景，问周围人，得到答案定是：又一平凡欧洲乡镇。

转角，在马路一旁的草坪上，一晃眼而过的，是披头士乐队的雕像。

我想，再也没有哪个地方，可以有如此强烈的“家乡”感。对比安徒生的哥本哈根，除了小得可怜的美人鱼雕像，还有安徒生故居，走在马路上是再无安徒生感觉的。那北欧的风吹得人鼻涕狂流，街道宽敞而冷清得可怕，是无法穿越到美好童话的。

利物浦便不同，温柔阳光下的市中心，有一块海港区域，是在专卖披头士狂热爱好者的收藏物品的。也有许多人跑去了当年四人拍下著名海报的斑马线，模仿来了一张。更是在街头，常有化装成“黄色潜水艇”的观光车行驶。

倘是如此，不提也罢了，观光车是每座旅游地必定有的，阿姆斯特丹在运河上还有可以用餐的观光船。旅行的人，看多了风景，去多了城市，会发现交通工具也都大同小异的。坐上了车，外面无论是粉刷成红色的伦敦双层观光车，还是黄色的潜水艇，见多了新奇华丽的噱头，人会实在起来，最终发觉，外表不过是给别人看的。自己坐里面，车厢都是大同小异的，关注的，不过是座位舒不舒服，空调开得够不够。

但我看到利物浦的黄色潜水艇观光车，是傻了眼的。那车到了一条河边，竟然停下，然后下一秒，就出现在了河上，一路继续往前。

果不其然，列侬会唱“我们都住在黄色潜水艇”。

这整座镇子，也处处骄傲地高喊：“我是披头士的家乡。”

旅行总是匆忙，离开利物浦后，没有想过毕业后会去英国领事馆工作。曾以为做这份工作的人们，必定懂多门语言，学识渊博，周游世界，出身高贵。直到如今，才发现前面几条都应验了，倒是“出身高贵”是结果相反的。大半的同事，在广东一带的乡下小镇长大，唯独少数是广州本地人。讲起家乡赤脚采摘果子的童年时光，便兴奋得两眼发光。

既然，一座平凡的小镇，能孕育出一支震撼世界的乐队。

那么，一个人的起点，并不会决定他的终点。

换句老套的话，是英雄，何必问出处？

小镇不小

我不要绚丽却不持久的彩虹，所以不在乎输赢。

台湾，那“十年”的青春。

十年前，乱买一堆打口唱片，有张听了无数遍，爱它的歌词。还不懂世界的无知心脏，跟着吉他还有架子鼓的节奏狂烈跳动。两个字，梦想，在心里发芽。

后一年，疯狂搜索乐队信息，却一无所获。在国内没有人知道他们，而且因为当兵，他们休团了好久。

七年前，以为自己听错了，他们来我家门口开演唱会。拿着票，人没满，我骄傲地咧开嘴大唱，演唱会成了蓝色荧光棒的海洋。结束的时候，地上有人随手扔掉的海报，被踩了一脚，我把它捡起用袖子小心擦去脚印，折叠好放进书包。灯光亮了，大家都走了散了，我还站在那里，任性地唱着《知足》。小女孩总有莫名其妙的感伤，于是边唱眼泪边哗啦啦流。

接下去，高考那年，每天上下学，我骑着脚踏车的路上有他们陪伴，还有我那卑微的说不出道不明没人懂，却茁壮成长的孤独梦想。最叛逆的时候，一发不可收拾地翘课，给自己染红发，交乐队的朋友一起路边卖唱弹吉他。做市重点高中里沉默的怪女孩，好好读书是为了得到离家出走的资格，恨透了叫作“学校”的青春监狱。

五年前，他们做到了。完成了在我家那个小小体育场许下的梦想：去八万人的体育场，被更多人听到。蓝色的海洋变得巨大，我依然看着他们，站在内场第一排，大声唱歌。未来何去何从，生死未卜。灯光亮起，人群散去，我却不再像小女孩时候那样哭，《人生海海》中那句“无论是我的明天要去哪里，而至少快乐伤心我自己决定”，让我勇气满满，提着行李，一个人远走高飞。

三年前，在欧洲的角落爱尔兰，一个西班牙交换生寝室里，我哼唱着《咸鱼》，留着小胡子眼睛亮亮的男孩摸摸我的头，笑着说，少女在迷恋偶像！我继续哼唱“我没有任何天分，我却有梦的天真”，他们不是偶像，只是五个穿汗衫牛仔裤的普通人，唱青春唱孩子似的任性梦想，偶尔愤怒偶尔因为爱情而慌张，放手时候懂得自由是最大的温柔。

今天，刚才，我从演唱会走出来，他们把我家门口的小小足球场唱翻了三场。门口一长排的小摊铺让我知道，他们已经“烂大街”，大家都爱他们，他们也像那些韩国明星一样有了衍生产品，被一群小女孩痴迷。没关系，他们还是五个穿汗衫牛仔裤的普通人，红不红，似乎只是商业包装，灵魂还在，从那双疲惫却依然倔强的双眼还看得见那个唱《人生海海》的小男孩。我喉咙哑了，依然看到散场，灯光亮起，感动却也没哭。明天还要上班，晚上写出版社的书稿。

没什么好难过的。明天醒来，还有青春。

这十年，看着他们的成长和美梦成真；下一个十年，属于我自己，用青春去实现文字的梦想。

沉默。

继续写，继续写，继续写。写他个十年。

我不要绚丽却不持久的彩虹，所以不在乎输赢。

那个陪伴我十年长大的乐队，唱过：

“逆风的方向更适合飞翔，我不怕千万人阻挡只怕自己投降。我和我最后的倔强，握紧双手绝对不放，下一站是不是天堂，就算失望不能绝望。我和我骄傲的倔强，我在风中大声地唱，这一次为自己疯狂，就这一次我和我的倔强。”

我骄傲的，是现在可以为了梦想奋不顾身的年纪。

任何事，“刚开始人们蜂拥而入，以为是想象中那般光鲜，而后，每过一年即一关，一堆堆热血儿退出；其实，坚持着一直走下去的人们，便是人生赢家了，时间是最好的过滤网和见证者”。于是慢慢地，我们学会成为淡淡的、沉默的人。被看扁时，更努力埋头做事，点头笑笑：“不好意思，太忙了啊，没空理你。”

嗯，该睡了。明天醒来，还有青春，我很安心。

晚安，五个穿汗衫牛仔裤的平凡人。

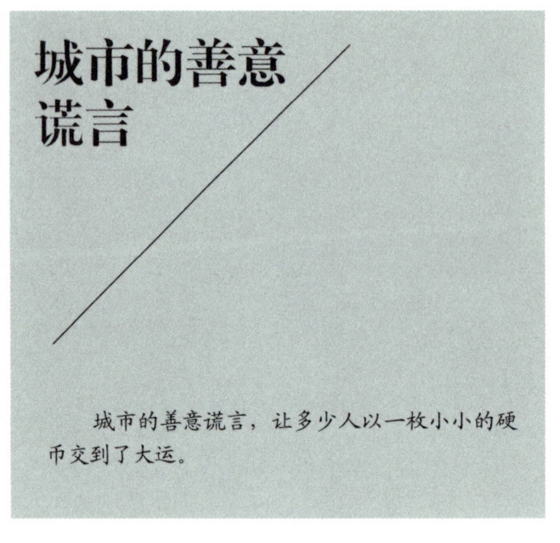

城市的善意谎言

城市的善意谎言，让多少人以一枚小小的硬币交到了大运。

一座城市，有时需要一些善意谎言。

《京华烟云》里，介绍了一个当时的民间节日。

在那天，神仙降临人间，并化身为擦肩而过的人或动物。为了认出神仙得到好运，大家都对彼此友好微笑，对狗儿猫儿的也比平时更温柔，特别是对乞丐，纷纷慷慨解囊。因为神仙最喜欢假扮成穿得破烂的乞丐，让人忽视。

真美好！

不知什么时候开始，中国街头多了卖唱的乞丐，常常是缺胳膊或者少腿

D I F F E R E N T　W O R L D

的，衣衫褴褛，赤着脚，坐在轮椅上握着麦克风，从随身携带的喇叭里传来流行歌曲的歌声。情情爱爱的词，欢蹦乱跳的曲，却是悲惨的画面。

他们卖唱的地方，往往不是居民区，而是高档写字楼，或者是奢侈品百货公司。阔太太们提着大包小包，脚上一双高跟鞋上万元，在星巴克买上几十块的咖啡只为了歇脚；提着公文包西装笔挺的男人，擦得锃亮的皮鞋，出入高档饭店几千块吃不饱的精致餐点只为了面子。他们和乞丐擦身而过时，不瞥一眼。可笑的是，一块钱对这些人无关紧要，名牌风衣两万块和两万零一块没差别，星巴克咖啡三十五块和三十六块没差别。

一次在街上走，看到路边一辆轿车停在那儿，车前坐着一个赤膊的乞丐，握着麦克风，头上全是血，地上也染了一摊红，讨饭的碗碎了，硬币散落四处。乞丐依然坐着唱《老鼠爱大米》，“我爱你，爱着你，就像老鼠爱大米”，两眼空洞，血不断从额头滴下。车主焦急地等待，很快到场的竟然不是救护车，是交警。车主指着车前灯，再看一眼乞丐，一脸嫌弃地说：“你看看，车子是不是撞坏了？要他赔！”

对乞丐的态度，社会是怎么病了的呢？

小时候看到家门口的乞丐，没有腿，在地上撑着厚纸板爬行。我给了几块钱，又叫他在原地等我，过马路买几只热馒头递给他。被外婆在弄堂带大，老人家没读过书，唯一教给我的是“做人要善良”。

渐渐长大离开外婆，住进现代住宅，周围的长辈教育说：“别看这些乞丐，一个月比小职员赚得还多。”“你看他们现在可怜兮兮，晚上一个个就站起来去高档饭店吃饭。”“不要给可怜的小孩钱，幕后有大人，钱都给他们拿去了。”因为怕被骂，见了乞丐只能心里可怜，然后别过头。

再然后，懂得越多，就越开始追问一个个“为什么”，去质疑甚至颠覆大人口里的真理。

——为什么会有这样的现象？

——你们有天沦落成如此，也希望大家冷漠不施舍？

回答比想象中更简单粗暴：

——社会很复杂，你过得好穿得暖所以要知足。

——我也为这个没希望的社会心寒啊！其实他们没找到相关的机构，这是国家机器的职责所在。

哦，为了让自己不要良心不安，最佳方式就是怪在别人的头上。转念一想，咦，你不就在机器里糊口么？昨天还在训刚进来的小王：“没事别给我揽活儿，同情心泛滥吃亏的是自己，做得越多越是傻瓜。坐稳座位，不管事别出岔子，捧着铁饭碗到退休。”

无奈，因为是傻瓜，只能怎么舒服怎么来。社会复杂就复杂吧，我们头脑简单，看到了乞丐讨钱无助的一面，管他是不是夜晚大鱼大肉，就想此刻做些什么帮别人；与其一年一次为了组织荣誉捐献巨款，却无能为力地巴望组织带来希望，还不如平日里见到乞丐，口袋有一块钱就顺手给对方。

一块钱拯救世界太痴人说梦，至少一个饿肚子的人可以买只包子。

朋友M，终于三年后爱上苦苦追求她的男孩。就是在于一天约看电影，她不小心早到，便在旁边咖啡店等待。男孩来了，他没看到她，只是径直走，路旁有对乞讨的母女，男孩弯下腰（他一米九），往碗里放了堆硬币，还摸一摸左右口袋确定全都给了。他再站起来的姿势，让她爱上了他。

谁说乞丐不是神仙？城市的善意谎言，让多少人以一枚小小的硬币交到了大运。

I want to be different from the world

四海为故乡

绿皮火车

东北搓澡记

俄罗斯女人

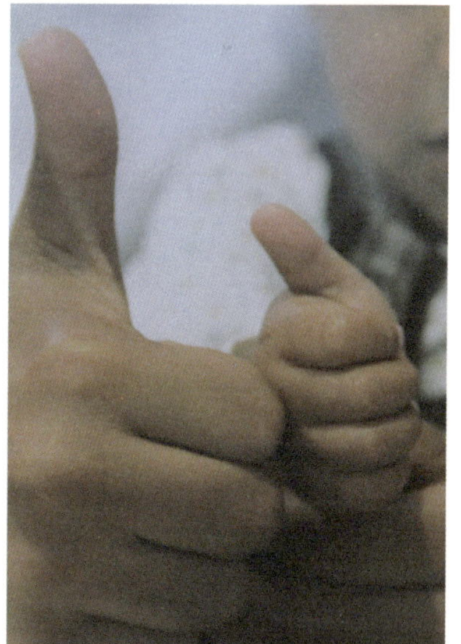

茶餐厅里的父女情

绿皮火车

浪漫不过就是吹着空调时候，空想的情怀，真正坐在其中，满身烟臭汗臭，谁又能悠闲地感受浪漫？

绿皮火车的记忆，属于小时候。

从上海去苏州，必定早早地三四点起身，前一晚肯定没睡好，太激动准备零食，醒来一般是大人都洗漱完毕，妈妈过来叫我：“再不起来，我们都准备好了，不叫你了。”于是，蹦起来，揉着眼睛出门。

昏暗灯光下，来到北站。坐上了绿皮火车。那时候，没有空调，开着窗。窗口永远是留给小孩子的。火车开起来，风很大，所以关上的时候多。一开始坐上车子，是激动的，过不久，趴在窗口，厌倦了，看着天，就发呆，嘴里嘀咕：“怎么还没到呀？怎么还没到呀？”

现在想起来，到了点，最怀念的就是火车上的铁盒子盒饭，可香了那米饭，但属于奢侈品，家里自己会带茶叶蛋还有水果。

有天，火车来得晚了，回上海的那一班。于是汹涌人潮，我拉紧妈妈的手。乘务员挥手放人群进去，挤上车之后，大家都在半夜里犯困，到了上海，又不检票，依然一群人混乱出去，我还是拉紧妈妈的手，不一会儿，就感觉自己被爸爸抱起来，再醒来，是在干净小床上。

后来，绿皮车成为了一种怀旧，一种情怀。

没想到，东北之行，在哈尔滨去黑河的路上，只有这样的绿皮车在使用，以前想着和朋友去拍照，现在一个人坐上，要一整晚，浑身是汗水又满是人，欲哭无泪，加上第一次一个人坐连夜火车。

在硬座站着，空气不好，烟味四起，满地是人。

一个大叔，去黑河打工，准备什么活儿都干。塑料包里是一大袋棉衣，他放在地上，让我坐在上面，他却一直站着。还努力和我说话："姑娘，别睡下去，一旦闭眼，就很难醒，会很累。"

他有着粗黑的手臂，明亮的眼睛透着老实。

唉！浪漫不过就是吹着空调时候，空想的情怀，真正坐在其中，满身烟臭汗臭，谁又能悠闲地感受浪漫？

又或者，浪漫仅存在回忆里。

回忆中，才有着刚上火车的欲哭无泪，遇到温暖的好心人后，又涌上一股苦涩的浪漫。

我想和这个世界
不一样

I want to be
different
from the world

DIFFERENT WORLD

荷兰人最喜欢的超市

光环，有时候不过是唬人的。

在荷兰有一家随处可见的连锁超市，蓝底白字的AH标志深入人心。在荷兰语里，这家连锁超市叫作“阿伯翰”，而中国人则将其亲切地称作“啊哈”。

其实荷兰并不是没有其他的超市，这里有昂贵便利店Spar，也有总是卖山寨品牌找不到一瓶正宗可口可乐的Lidl和Aldi德国超市，更有新鲜肉卖得很便宜的C1000，以及其他零零散散的品牌超市。

但，这些超市始终都无法打败亲爱的啊哈。

究其原因，还是因为其纯正的荷兰血统。走进超市就随处可以看见大大的bonus折扣招牌，一个以前的价格，上面一条斜线画掉，再加上一个诱人醒目的折后价。荷兰人爱便宜的实用派作风还不仅限于此，AH其实最讨人喜欢的，还是在于它的物品价格分级。

比如，同样在果汁货架，从上往下按照价格排列，最底层是Euro Shopper两欧元一大桶的果汁，这个品牌一直都很便宜，连包装都透露着它的廉价。中间是平价的一些家喻户晓的品牌果汁，也按照价位一一排列，还会有AH自己的牌子，有时候小小的一罐，比廉价品牌一桶的价格都贵。最高层往往是AH excellent货物，也就是质量最好的商品。

无论买罐头、面粉、黄油、冰激凌，还是意大利面，都有各个价格的排列。

结账的时候，往往会发现一个很有趣的普遍现象：一个荷兰家庭，可能挑选了最贵的黄油，但是大米却选了红白标志包装一贯粗糙的Euro Shopper。

一次和一个生活在荷兰的土耳其人交谈，讲到了奢侈品。他说："在伊斯坦布尔，人们对于奢侈品也如同一些国人是趋之若鹜的。"对此，他却非常不屑，在他看来，去AH超市如果买昂贵的黄油，是因为那黄油味道比起廉价品牌更适合面包；买廉价的大米，是因为尝过了昂贵的AH Excellent以后发现两者味道没有差别。

每当踏进了AH超市，还真是豁然开朗。的确，外面的包装会在一定程度上决定我们在别人心底投射下的价值，可是有眼之人，自然会来辨识。有质量的，仍然可以成为抢手货，低廉的倒也脚踏实地平易近人。

名牌的附属物，始终是附属物罢了。光环，有时候不过是唬人的。一张漂亮涂满奢侈品牌化妆品保养品的脸，说出话来尖酸刻薄，不见得会有多高贵；可是穿着朴素，面无施粉，想都没多想就跳河救溺水陌生人的女孩，怎么看都美到令人想要与其成为好友。

至于一流二流三流大学，也不过是一套套不同价位的化妆品，你到底是什么人，会成为什么人，化妆品怎么会决定呢？

走出AH，释然一般轻呼一声：啊哈！

我是该开始走出自己的世界，结交朋友了。

草莓味道的门把手

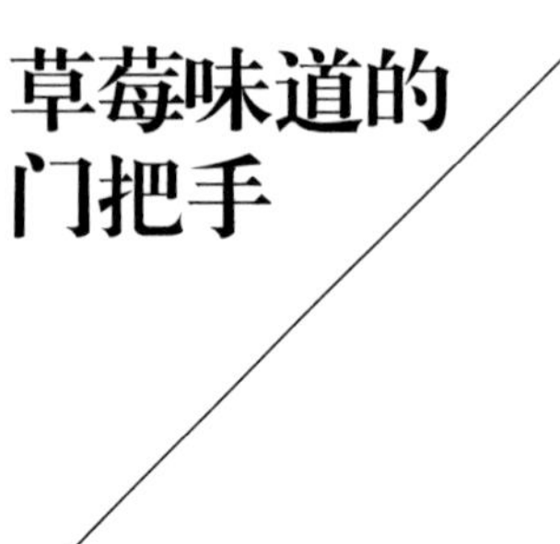

哦！冬天是什么？能吃么？

在哈尔滨听闻各类冬天故事，作为一个南方人，有的不可考究，只得当是奇谈。

当然，朋友曾一度忽悠的，诸如“你来东北，我们天天一块儿跋山涉水打匈奴”，用脚指头想，也绝不可信。

据说东北人最爱对南方人开的玩笑，便是教唆：“喂喂，你试试看，在冬天伸出舌头，舔一下门把手，会是草莓味道的！”

居然不少东北人还会举手，表示小时候做过类似的事。不过危险系数极高，搞不定，就有拿不下来，掉舌头的危险。

难以想象，零下三四十摄氏度，走在街上究竟会冷到何种程度。有个姑娘，外婆为了让她养成戴帽子保护耳朵、全副武装方能出门的习惯，打小就告诉她："你看，门口开过去一卡车一卡车，装的全是耳朵。都是那些冬天不戴帽子，不听话就出门的小孩，他们的耳朵，手一碰就掉下来了！"

这恐吓，倒也绝非毫无根据。

在极冷的环境下，不保护耳朵，的确一碰会掉下来的。小时候读小说，就是说有个穷人，冬天没鞋子穿，醒来发现脚指头都冻掉了，居然还没有知觉。

我只在北欧体验过一回。那次旅行，双脚被冻伤，因为穿的是单薄帆布鞋，还不穿袜子。走在零下十多摄氏度的冬天，突然疼到走不了路。那时候我对冻伤完全没有概念，勉强抬起脚，突然跌倒，脚底板神经发酸。

直到第二天，买了双极厚的雪地鞋，脚被捂得严实，我才感觉好些。过后两三年，到了冬天脚老隐隐作痛，后来才知，这就是冻伤落下的后遗症。真正痛过，才知保暖意义何在。

可能因为这样的一次体验，我就开始怕冷了，来东北也特地选在夏天。有趣的是，几乎遇到的每个人都告诉我，东北最有意思的季节，是在冬天。

最令我心动的，还是听人描述的这番景象：室外是零下三十摄氏度，厚厚一层雪，牙齿都冻得发抖，但澡堂里，灯光温暖，人们赤身裸体悠然地走着，蒸完桑拿，搓澡巾擦过身，热水洒在皮肤上，有一丝丝淡淡的幸福甜味。

洗得干干净净，全身发烫。出门，必须来一根雪糕。在东北，冷饮是在冬天吃的，也就是为何这里大街小巷，满眼私人开的冷饮店；而南方，除了哈根达斯，是很少见到专门吃冷饮的地方的。

神奇的是，这里还可以看见马路边上一长串叫卖冰棍的景象。不需要冰柜，也不需要放在冷冻的泡沫盒里，凭借如此天气，直接马路上一摆！

哈尔滨有马迭尔，长春有长春饭店小奶油，沈阳还有中街大果。买一根雪糕，在寒风里咬上幸福的第一口，头发如果没吹干，立刻就结冰，小姑娘额头上的刘海儿冻成一排。幸福的冬天，必须如此。

还据说，我们南方的羽绒服，在这里的冬天完全抵抗不了严寒，只有貂皮大衣才行。在东北，每个师奶的衣柜里都有那么一件貂皮大衣。

可东北朋友随即又告诉我："冬天，那些马路上穿得跟雪球似的，一定是你们南方人！"因为东北室内暖气温度极高，其实一件厚实大衣，里面穿短袖，甚至无袖夏装都行。我想到了香港的夏天，热到要融化，北方人以为活不下去，可恰恰相反，不管去哪儿，都一定要带上一件外套。因为在香港无论哪里，只要是室内，冷气都开得十足！本来想买比基尼的，在崇光百货逛一下午，冻到打消了念头，直冲秋装专柜。

是了，同样的道理，即便冬天在恶劣天气下，出门逛街依然是可行的，因为东北各个城市都有巨大的地下商场，并且大得超乎想象。想起在大连时，有当地人这样告诉我："如果有一天，你能走遍胜利地下街，那你对大连，也就有了一大半的了解。"

在哈尔滨学俄语专业的东北姑娘，去俄罗斯当交换生后，回来告诉我，在那里的冬天还要猎奇！冻死了诸多酒鬼。晚上胆子大的话，跑街上，可见如此俄罗斯独有风景：酒鬼们一个个树桩一样，插在冰天雪地中站着睡觉。因为若是躺下，则如同卖火柴的小女孩，冻死马路边，成为酒鬼冰棍。

听这些神奇的冬天故事，对比南方，实在心生向往。

想想我们的冬天，一把辛酸泪。空调开到最高，还是不热，在室内穿着羽绒服依然瑟瑟发抖，袜子连套三条。读书岁月里，冬天早晨在教室写作业是极其痛苦的，双手僵硬，牙齿发抖。晚上，去上洗手间都要下定必死决心的！

至于洗澡，想到一件件剥下衣服，寒风萧瑟，写遗书的冲动都有！浴霸全部开启，敞亮如同天堂，人走进去，好似融入了万丈光芒，第一个洗澡的人，该是要具备多大的奉献精神。

偶然下雪，虽然飘雪令人激动，激起罗曼蒂克的幻想，却又不似东北，地面积不起雪来，还易打滑，跌个狗吃屎，至于堆雪人打雪仗，做梦罢。

在夏天怀念冬天，在冬天怀念夏天，真好玩。尤其在这个上海百年一遇四十摄氏度的夏天，看着冬天的照片，一股陌生感油然而起："哦！冬天是什么？能吃么？"

为了这些，我决心今年冬天再次来到东北，心情若好，试下草莓味的门把手！

我想和这个世界
不一样

I want to be
different
from the world

D I F F E R E N T W O R L D

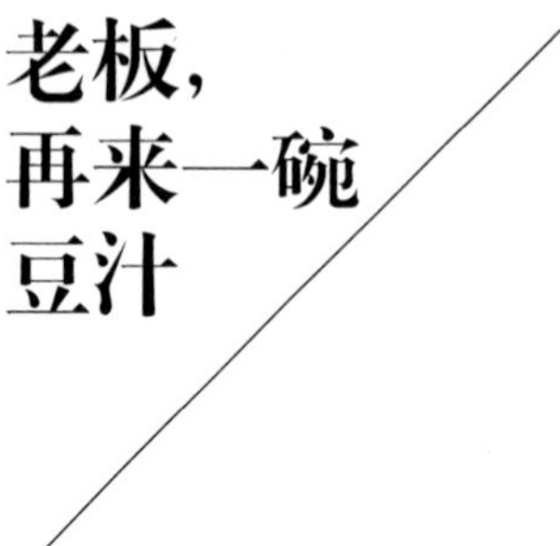

老板，再来一碗豆汁

会喝豆汁的人，想必，遇事时不会绝望到哪里去。

豆汁相貌鄙陋，闻之又无喜感。

坐在由四合院改建的小饭店内，北京朋友热情，点了一整桌地道小食。当豆汁隆重登场时，已无处安放，他们干脆直接将豆汁挪至我面前，带着期许地望着上海客人平生第一回尝这北京味。

捧起碗，摆出喝永和豆浆般的豪饮状，竟立刻被制止："你别后悔啊！"举起小勺，顿觉自己是实验中的白鼠，往嘴里缓慢而郑重放入，咽下，酸味随即满嘴蔓延。赶紧掰一块旁边碗里的油炸面粉。

一分钟神闲气定后，那酸臭记忆似早已远去，剩下的唯独香甜回味，并感觉胃口大开，如故宫的笨重大门被缓缓推开，金光从不断扩大的缝隙中渗出。

好喝。

嘴角挂起笑意，我喝了起来。四周见状，皆为惊诧，转瞬又转为欣喜，至少谁都不愿远道而来的客人大哭闹脾气，甚至掀桌大骂“什么玩意儿”吧！况且，平生第一回尝试这“北京糖水”，我倒是既激动又真心喜欢的。

朋友介绍，豆汁在北京百姓间极受爱戴，但唯独懂的人才懂，不爱的人是永远爱不上的，颇有些“灵性”的命运意味。喝下它，功效也极佳——通肠。

听罢，我神色大变，即刻停手。想起刚读过的一段美国家庭故事，儿子问父亲：“如何辨别坏掉的食物？”父亲对儿子的教育是森林放养，回答：“我眼睛没有装上显微镜，吃就吃呗！看排出的情况，就知道了。”

难得前来北京，不想整日与马桶为伴，即便欢喜，还是不要冒险。但时至今日，想来又有些悔恨，再也尝不到如此美妙的怪味了。

有天，买到了薄荷茶叶，在办公室厨房泡茶，趁着滚烫，幸福地边用力闻薄荷香边吸鼻子（一入冬，我的鼻子便自动进入running状态，风雨无阻，如感冒般一期一会）。引来三两同事驻足围观，他们正喝着楼下摊铺放满奶精的奶茶。好奇问这是什么中药，我好心说你尝试一下也会爱上，对方勉强地抿了口，立刻逃开。

那该从何说起，每日早晨我必饮姜汁红糖茶的习惯呢？那气味和口感与薄荷茶相比是有过之而无不及的。

豆汁、薄荷、姜茶，大概这种趋势下去，不免真会有天喝起苦到钻心的中草药来还觉味美，也不再令老妈头疼如何哄骗我吃上几片营养丰富的苦瓜。

兴许经历过些事后才发现，人生的模样，绝非小朋友蜡笔画中的太阳公公，烟囱总是冒着幸福白烟的尖顶小屋，还有在草坪上手拉手嘴角向上弯曲的爸爸妈妈和小孩。事实是，人生有如豆汁，相貌鄙陋闻之不喜，生有时死有命，中间的这段漫长旅途却也不得掌控，大风大浪或者琐碎扬尘，来什么就要硬着头皮喝下去。

怎又知，苦与臭的身不由己终会过去，之后的回味，是甜是香是美好。朋友去蹦极，站在上面的时候很害怕，可跳下去的一刹那，突然发现曾在乎的一切都不重要了。回家路上，脚踩着地，顿悟只要活着就够幸福。

并非越活越犬儒，而是啊，苦中作乐的本事越来越炉火纯青了。古龙说，一个人如果走投无路，心一窄想寻短见，就放他去菜市场。我说，不行，那人见五彩蔬果欢腾鸡鸭只会一时有生之念头，长久看来必定再犯。倒可以给他买碗豆汁，豆汁相貌丑陋闻之又无喜感。

会喝豆汁的人，想必，遇事时不会绝望到哪里去。

妖精其实穿很多

藏而不露，是性感的真正所在。
常识而言，它也是为人处世的最佳方式。

在欧洲流传这样一种说法：最帅的男生都聚集在意大利，而最漂亮的女生则来自瑞典。

倒是真的！德国人小布对于瑞典女生就热情有加。一次茶余饭后，他带着玩笑性质地说："公司里那个瑞典女同事，当初面试筛选时候，看到她的国籍，就立刻决定要了！上班看着美人心情也舒畅。"想起几年前从哥本哈根顺道去的马尔默，走在街上，我的确被迎面而来漂亮脸蛋的瑞典"瓷娃娃"们震撼了，世间怎可容忍有如此妖怪：修长的腿，晶莹剔透的脸蛋，五官立体，头发金黄。曾有人强烈建议向美人征税，因为她们总拥有常人无法企及的资源。

那么瑞典的"美人税"，收入应该是最高的。

大学毕业后，前去哈勒姆探望好友，这个小镇距离“北欧工业中心”哥德堡不远。出发时巴塞罗那阳光灿烂，但抵达哈勒姆的下午三点已是深夜模样，路灯凄凉地在寒风细雨中站立。好友介绍她在北欧的冬日生活写照：有时睡晚了，起身是下午三点，发现天已经黑了，就继续在暖气房里睡过去。据说在国内不爱宅在家里的人，来到了这儿，也心甘情愿囤好粮食窝在屋里过活。

一天中午，狂风暴雨大作，天虽亮，但看似即将入夜，和好友挣扎许久，终于咬咬牙，套上最厚的衣服戴上帽子围巾手套全副武装，决定出街走动。小镇中心的商业街，即使中午时刻也显得寥落，倒是咖啡厅人满为患。两个有自虐倾向的中国女孩死命依偎在一起，却坚决不进店，暴走，是为了赶快回家在小床上享受暖气。真心建议当地将女大学生的入学军训设计为：在冬日，责令每人做两小时的Window shopping，不受圣诞折扣以及室内开足了的暖气诱惑。

回到巴塞罗那，被问到有何收获，我老实回答，大半时间是在当地学生宿舍里，不时哀怨地瞥一眼窗外凄凉的瑞典。再被进一步逼问，便惊世骇俗地说了句：“其实瑞典女生是令人感动的妖怪。”

和巴塞罗那街头大大方方穿着比基尼等地铁的少女不同，更与荷兰红灯区妖娆身段几乎裸体的橱窗女郎天差地别，瑞典妖怪穿很多，却举手投足间，散发出令人浮想联翩的性感。淅淅沥沥的冬雨中，你顶风在寂寥的街头走，不时迎面匆匆走来位瑞典女孩，她穿得厚重保暖，只露出张美丽无瑕的脸，毛绒帽没有全部覆盖住的金黄发丝在寒风中飘扬。一刹那，你竟会为那种“穿很多的性感”而感动。

梦露的性感巅峰，恰不是裸体照，而是白裙被地下道风吹起她用双手往下按住的时刻。莫文蔚曾说：“性感不是衣服穿多少，而是一种态度，一种自信的表现，是内在的东西散发出来的结果。”难怪乎，她可以全裸出镜，亦可穿卡通汗衫配牛仔裤出席新闻发布会。

藏而不露，是性感的真正所在。
常识而言，它也是为人处世的最佳方式。

东北搓澡记

搓完一次澡，全身上下光溜溜，简直闪着光芒。

人生第一回体验了东北“搓澡”，两个字，不疼。

大妈十分钟把人弄得和橡皮擦似的，冲凉过后有重生感，刺溜刺溜的，只是空旷澡堂加上搓澡台第一眼有些“停尸间”的恐怖意味。

遇见一个南方姑娘，来到东北读大学，四年下来，问离开后最会怀念什么，回答是搓澡。

我立刻神态紧张，传说中大妈用力在你背上搓，居然能把黑道大哥的文身也搓掉，皮肉之痛苦，如何怀念?

直到在盘锦体验了一回，才终于知道，原来如此好玩。

顺序是先洗澡，然后蒸桑拿。这样的话，搓澡大妈在你身上行动时，如同像皮擦，轻松“除垢”。

根据观察，似有一套固定流程：四个面，先是正面，然后侧面，然后另一个侧面，最后背面。最后还会让你坐起身，脖子这里仔仔细细来搓一把（听说男浴室则是另一套流程，具体情况不得而知）。十分钟一个人，收费一般五块到十五块钱不等，取决于澡堂的级别。

我想到在重庆，体验过一回盲人按摩，被按的时候只感觉全身散架。

离开学校后，还没体验过赤身裸体在他人面前行走。别人说欧洲开放，有裸体海滩，怎么没有想到东北澡堂的存在!

大妈是穿着内衣和裤衩，佝偻着背，如同拳击手，往往上了年纪，肚子的肉掉下。

怕痒，但却没人笑。我和大妈聊起来。她来自山东，今年儿子刚好考大学，老伴在盘锦做事，所以跟着过来。每天在这里，皮肤也好了，天天在水中。

刚开始做搓澡工，因为来自农村，看见陌生人光屁股在自己面前，以前不习惯，还要动手上去，大妈说用了些时间去适应，现在见到了不同身材不同年龄的，也就越来越熟练。

在雪白的澡堂，几张躺人的地方，因为还是工作日的上午，没什么其他顾客。有些恐怖，如同停尸间。阿姨铺上塑料膜，如同吃饭的桌子上台布，为了健康。朋友叮嘱，如果怕被搓澡巾弄疼，可以在里面再垫上一块毛巾。

阿姨摸上来的时候，我有点惧怕。她经验老到，说："听你口气，南方人吧？第一次搓澡？"我点点头。

大妈擅长聊天，我便放肆地以南方游客猎奇的口吻问："每天摸那么多肉体尴尬否？遇到怕痒的人呢？给生理期女生搓澡不？胖子怎么爬上搓澡台？"……

告别东北前，最后一次搓澡是在黑河。朋友说，体验一下和俄罗斯人一块儿搓澡。遗憾的是，那天去得太早，都是中国人。

在某一瞬间突然记得，在欧洲见到的土耳其或者希腊澡堂的遗址，不也正是如此吗？

另外要和南方人说的是，东北夏天并不如我们这儿湿热。我们要天天冲凉，觉得东北人夏天偶然洗一次澡很脏，可是东北人是爱干净的，尤其，搓完一次澡，全身上下光溜溜，简直闪着光芒。

D I F F E R E N T   W O R L D

我想和这个世界
不一样

I want to be
different
from the world

有一种美味叫小面

莎士比亚说：“一千个读者有一千个哈姆莱特。”F则有过一句至理名言：“一千个人做番茄炒蛋有一千种味道。”同理，在重庆，若是有一万家小面店，则会有一万种不同味道。

若想念有滋味，那关于重庆的，一定是一碗小面的味道。

在异地，一天和重庆朋友说起小面，两人竖起大拇指，口水乱流，念叨起小面种种。对于在外地的重庆人，似乎小面总是他们的心头好。奇怪的是，纵使中国每个地方几乎都有沙县小吃，苏州汤包馆子，兰州拉面，可小面店却不常有，至少在上海，我从未见到。

只是在重庆时，第一次吃到那五块钱一碗的小面，便爱上了。

至于重庆火锅，虽然在外地有很多“朝天门”之类，但却好似中国餐馆在欧洲，没有一家地道的，要么太甜，要么不够辣。真正好吃的重庆火锅，也只有在那些“苍蝇馆子”才能吃到。

并且整个感觉太重要，必须是坐板凳，男的要把汗衫拉上来，女的嗓门吊起来：“嬢嬢，来瓶山城！”

小面店，在重庆非常普及，听说有前50强，每年评比。我去了其中一家，在解放碑附近，点了一碗牛肉小面。店里早已坐满了客人，于是在店门口加入“小板凳军”——蹲在板凳上，碗放在板凳上，吃得可真香。

我吃不了辣，叮嘱不放，看着旁边的人，满碗红扑扑的，最后连汤都无。

莎士比亚说：“一千个读者有一千个哈姆莱特。”F则有过一句至理名言：“一千个人做番茄炒蛋有一千种味道。”

同理，在重庆，若是有一万家小面店，则会有一万种不同味道。

还记得刚到重庆的时候，看见烈日底下，人们坐在马路边上吃得可欢，一副国泰民安、欢聚一堂的福乐样。似乎对于重庆人，早晨来一碗小面开启一天，中午来一碗饱肚，晚上更要吃一碗安睡，百吃不厌。

“小面”这名字，叫起来谦卑也实在，像是如今重庆依然能在街上见到的棒棒军。这些往往是年轻人，也有些上了年纪的，偶尔还有一两个中年妇女。弓着背，身上扛着大物件，或艰难或轻快地走着石台阶。

这一种古老的赚钱糊口方式，和小面一样，饱肚，脚踏实地。

我想和这个世界
不一样

I want to be
different
from the world

D I F F E R E N T　W O R L D

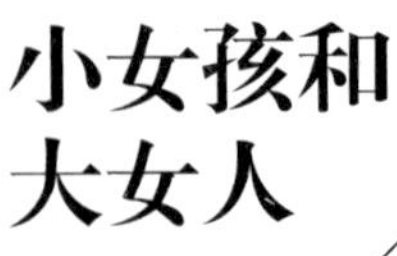

那些为爱而生的女人，常常她们的心里住了两个人：一个幻想在教堂穿白纱当新娘的小女孩，还有一个为轰轰烈烈爱一回可以不顾一切的大女人。

每个小女孩的梦里，都有过这一幕：穿着布满蕾丝的华丽长裙，神父见证，与那Mr. Right起誓："无论是顺境或是逆境、富裕或贫穷、健康或疾病、快乐或忧愁，我将永远爱着你，珍惜你，对你忠实，直到永永远远。"

长大后小女孩才醒悟，唉，那只是属于外国浪漫电影中的情节。中式的婚礼，不过是带着户口簿到民政局签名敲章宣誓，爆竹声噼里啪啦后在喧闹的喜宴中结束。

若是可以选择，哪管信什么基督教，只要可以走一套教堂婚礼的流程，就已足够满足小女孩时代的梦幻啦！想起在科尔多瓦无意中见证的一场婚礼，简直美轮美奂。

这是西班牙南部安达卢西亚省的一座城市，这一带宗教气息特别浓厚，简直是走过一条街就能见到一座教堂。西班牙南部在过去曾长期被摩尔人所占领，因此每座教堂都别具一格，融合了阿拉伯与欧洲风情，往往既有欧洲教堂巍峨的外观，在细致处的墙上又有阿拉伯纷繁的图纹。

当时是下午，我来到了全市最古老壮观的教堂。正准备往里走，却见到门口满是人，并站成两队。远远地，走来个穿着婚纱精心打扮过的女孩，依偎着她的父亲，经过他们的人们都纷纷拍手道喜。我好奇地往教堂里瞧，如我预期，见到了西装穿得笔挺留着典型西班牙人络腮胡的帅气新郎。女孩一路走，满脸带着笑意。

虽是阴天，无梦幻的阳光洒入室内，亦无白鸽飞翔的蓝天，但所有蜡烛都被点燃，光芒比起电灯更为温暖真实，通过扩音喇叭播放的音乐，回响在每个角落里。新娘踏进了教堂，这时宾客也纷纷入座，大门被关上，我和其他游客们都为这不期而至的当地婚礼而惊喜。

能在这样历史遗产般的地方办婚礼，想必是当地的权势阶级，心里面的那个小女孩噘起嘴来，哼，这辈子是轮不到了！突然又为了这股酸劲而自责，不过是个形式而已，一天两天的事，那么在乎干什么？接下去每天过日子快不快乐才是两人在一起的唯一要求。

在大教堂还是小教堂，不重要；中式还是西式的，不重要；宣誓还是敲章，不重要；甚至一纸证书也不重要。两人彼此相爱，灵魂深深吸引，又岂需世俗的条条框框？情到最深时，年龄、生活习惯、富贵贫穷，甚至生死都已置之度外，为了那一瞬间的电光石火，哪怕不能走到最后，却足够余生小心珍藏。

那些为爱而生的女人，常常她们的心里住了两个人：一个幻想在教堂穿白纱当新娘的小女孩，还有一个为轰轰烈烈爱一回可以不顾一切的大女人。有时小女孩占了上风，可爱纯真；又有时努力朝大女人靠拢，率性超然。

你看，就是这样的女人会因为一场西班牙无意遇见的婚礼写篇文章，一会儿羡慕嫉妒，又一会儿声称不在乎形式。当然，心里其实贪心地两样都要，既要穿白纱拥有梦幻的婚礼，又要过一生轰轰烈烈被爱着的生活。就让我心中的小女孩和大女人一起幸福着吧！

DIFFERENT WORLD

四海为故乡

原来啊，世界到处是故乡，只要最在乎的那个人在身边。

除去家乡，走在任何其他的城市，只要是一个人夜深后坐在公交车里，路过一盏盏昏黄的路灯，总会情不自禁冒出些许漂泊的失落感；奇怪的是回到上海便觉得安定，但那上海早已不再是我的上海，家门口马路越来越宽，烟纸店模型店盗版游戏碟片店随之不见，甚至度过整个童年的七浦路弄堂也即将被拆了。

城市如人，亦会成长改变，但哪怕回不去的才是故乡，为何依然觉得安定？

当我坐在爱尔兰小镇林布里克的酒吧里，和三两女友一同聊天时，似乎找到了答案。

爱尔兰西部人的英语口音实在厉害，不过他们从来不承认这是“有口音的英语”，骄傲认定自己说的是最地道的英语，美语才是有口音得严重哩！相比我正生活的最西部乡村特拉里小镇（据说不少偷渡去美国的人都从这里出发），隔壁的林布里克实在摩登太多。

但也别期待太多，再怎么摩登还是一村，白天大家去的地方无非“怕你死（Pennis）”淘便宜衣服，或一小时就可以逛完三圈的迷你商业街。到了五点，卷帘门紧紧拉上，马路一阵风吹起，除了落叶，一个人也见不到。

一直待到夜晚十点，街头的人多了起来，成群结队往酒吧走。最受欢迎的，并不是那些播放Lady Gaga震耳欲聋的店，典型的爱尔兰乡镇酒吧总坐满了人。这里永远有歌手现场表演，人们喝着吉尼斯啤酒，说话声很低，或者干脆沉默欣赏。喝到第五杯，气氛渐渐活跃，这时穿着如爱尔兰农民模样的爷爷奶奶走到中间，有人吹口哨，现场小提琴音乐响起，他俩跳起舞来，转着圈，脸上满是笑意。渐渐地，不断有其他的爷爷奶奶还有中年人加入，年轻人虽不加入却也兴高采烈跟着节奏摇头。

这只是一个平凡周二的夜晚，得知其实每天都如此热闹，我无法相信。他们笑得多开心，哪怕身材已走样，青春不再，举手投足里满是幸福，而当地年轻人也乐于来到这里度过一个“轻”夜晚（放肆的学生夜以及帕特里克节另当别论）。

望着那番景象，同感出一股“故乡”的温热来。人会老去，墙会倒塌，连沧海都会桑田，一切都在变，但只要家，也就是在乎的人在，你便不是个孤苦伶仃的陌生人。爱尔兰小酒吧里，老一代在那儿跳舞，小一辈坐着打节奏，不一定加入却耳濡目染，当他们也老去，便带着更小的一辈看他们跳舞。

大饥荒时代，饿极了的爱尔兰人拖着皮包骨头的无力身躯北迁，相信前方有马铃薯饱肚，和亲人手拉手不断往前走。也许那刻的他们，不仅因为前方食物而义无反顾离乡，更因身边一同赶路的家人。

原来啊，世界到处是故乡，只要最在乎的那个人在身边。

D I F F E R E N T W O R L D

俄罗斯女人

别怕，花开得再美，不也无长久么？

在黑河，俄罗斯人随处可见。他们举家在这里做生意，带着小孩来度假，或和朋友们周末过来淘宝。

黑河还是距离俄罗斯最近的边境小城，坐上黑龙江的游览船，不到三米远，对岸就是俄罗斯小城的市中心。可以清楚看见沿着江，年轻的俄罗斯男孩在玩水，甚至朝着你调皮地挥手致意。

我给当地工作的朋友出点子，你就在这里包船吧！在两国的围绕下，向女朋友求婚，喇叭里播放浪漫音乐，三米开外的俄国人民也会感动的，这样都不嫁，实在太难！

要说俄罗斯人，除了喝烈酒的嗜好之外，最值得一谈的，便是诡异的身材。读大学时，我也有俄罗斯女同学，一个个都很瘦，而且很会打扮，身材一流，又对于爱情有着飞蛾扑火之姿。

可是，传闻与现实不谋而合的是，俄罗斯女人一生完孩子，普遍会变胖，吨位变大，皮肤下垂，老得迅速。在黑河，我尝试寻找如同赵雅芝一般老去依然优雅美丽的女人，可根本未曾找到。年轻的俄罗斯女人，普遍美丽，而老了，普遍成为“肥婆”。

于是我好奇起来，面对这样巨大的身体落差，心理上真的能接受吗？不说另一半会否变心，单是自己这一关，曾经如此巅峰过，又怎么可以容忍自己一点点一点点被时间吞噬，在镜子面前成为怪物？

学习俄国文化的朋友和我认真解释过，俄罗斯人种就是这样，他们的骨骼、身体条件以及饮食，必须如此才能适应气候和环境。听似有道理，但依然为此悲哀。

我想到我的外公，年轻时极其帅气。我小时候无意翻相册，突然掉出来一张小黑白照片。于是问大人，这个明星是谁。一听，居然是外公，整个人木在那儿，无论如何不能将那个瘦骨嶙峋、皮肤凹陷的老人，和如此帅哥联系在一起。

也是自从发现那件事之后，我对于帅哥，从来都是淡然的态度。当朋友只因为某个男孩特别帅的时候，我能够淡淡地想，外公曾经也那么帅，如今，还不是如此。倒不如能相处的平凡长相，看得过去即可，毕竟我们都将通往衰老这条路。和帅哥一起，对方大把时间用在打扮上，说不定去洗手间弄头发常要我等待多时，又加上和其共同生活，时常会无安全感。

看起来过得去，经常运动，自自然然，干干净净，阳光下咧开嘴朝你笑，这一类“汗衫+牛仔裤基本款”男生，不刻意打扮，其实也不会难看到哪里去。

如此重大的哲学，难道是看到俄罗斯人在他们无可奈何的人种结构上明白的？

但，好歹在青春如此美丽过，足够幸运了。别怕，花开得再美，不也无长久么？

D I F F E R E N T W O R L D

茶餐厅里的父女情

拆散一对情侣最有效的方法：让他们去旅行。

在我人生少数的搭车经历中，一次，遇到了一对北京父子，一路向北，直到漠河。我问："为何没有带上老婆？"男人回答："她在，太照顾我们了，简直就像带了个保姆。"

还有次，和一个异性朋友出去玩。这个异性朋友更加坚定地认为，旅行不要和爱人一起，才能玩得开心。至少，如果和一个无关痛痒的人相处，不会想着要改变对方，只想着，反正只是旅行，接下去不会继续相处。

拆散一对情侣最有效的方法：让他们去旅行。

大概天底下，情侣出行，能吵到分手的，原因不外乎在一系列改造失败后，对未来突然没了信心。和喜欢的另一半出外旅行，欣赏风景成为其次，最重要的则是“用户体验”和“优劣分析”了。

有一期《modern family》，讲的是一位父亲租了一辆车，结果一家人乱成一团。他绝望地将车在一旁停下，见到其他在路上的父亲们也面临相同境遇，郁闷抽烟，无言看着山谷。

对我来说，第一次去香港，其实除了上飞机的激动，早已不太记得去过哪里做了些什么，倒是一碗爸妈吵架后吃到的鲜虾面，在回忆里一直闪耀着、鲜美着。

抵达香港后，在旅店里，爸妈因为一件很小的事开始争吵，于是我和爸一同出门。

走着走着，肚子饿了，我俩找到一家街道拐角很家庭式的茶餐厅。狭窄过道，两旁是座位和桌子，空气里弥漫着奶茶香味。

看着点餐单子，无从下手，就随意点了一碗面。普通话说了几次，对方没听懂，便指了指餐牌。

面上来，很香，是黄色的细的，头一回见。口感极佳，一口气吃完，连汤水也不剩下。父亲坐在对面，他也受不住香味，叫了一碗。

两人面对面低头，沉默地吃面。

后来我自己去了香港，每次去了茶餐厅，总会想起那一丝尴尬的气氛。茶餐厅狭窄拥挤，还经常彼此拼桌，更增添隐秘气息。走进屋内，和外面的阳光隔绝。

相比那些开在上海富丽堂皇价格高昂的茶餐厅，还是香港更亲民些。有时，在上海茶餐厅大桌上一个人吃饭，总不免怀念时刻拥挤的香港，空间里的温暖情绪，在那里，连餐牌也是拥挤的。

有时和我爸一起沉默地吃面，总会记起在香港的那天，那一碗鲜美的面。不过，岁月让老爸的话语越来越多，他越来越爱发表人生感慨了，倒是我妈越来越沉默。

值得庆幸的是，他们两人能一同出门旅行了。